光文社文庫

文庫書下ろし／長編時代小説

晩節遍路

吉原裏同心(39)

佐伯泰英

光　文　社

この作品は光文社文庫のために書下ろされました。

目次

第一章　初対面……11
第二章　猫またぎ……75
第三章　湯屋の腰掛……138
第四章　相克か信頼か……204
第五章　凶か福か……269
終　章……335

新吉原廓内図

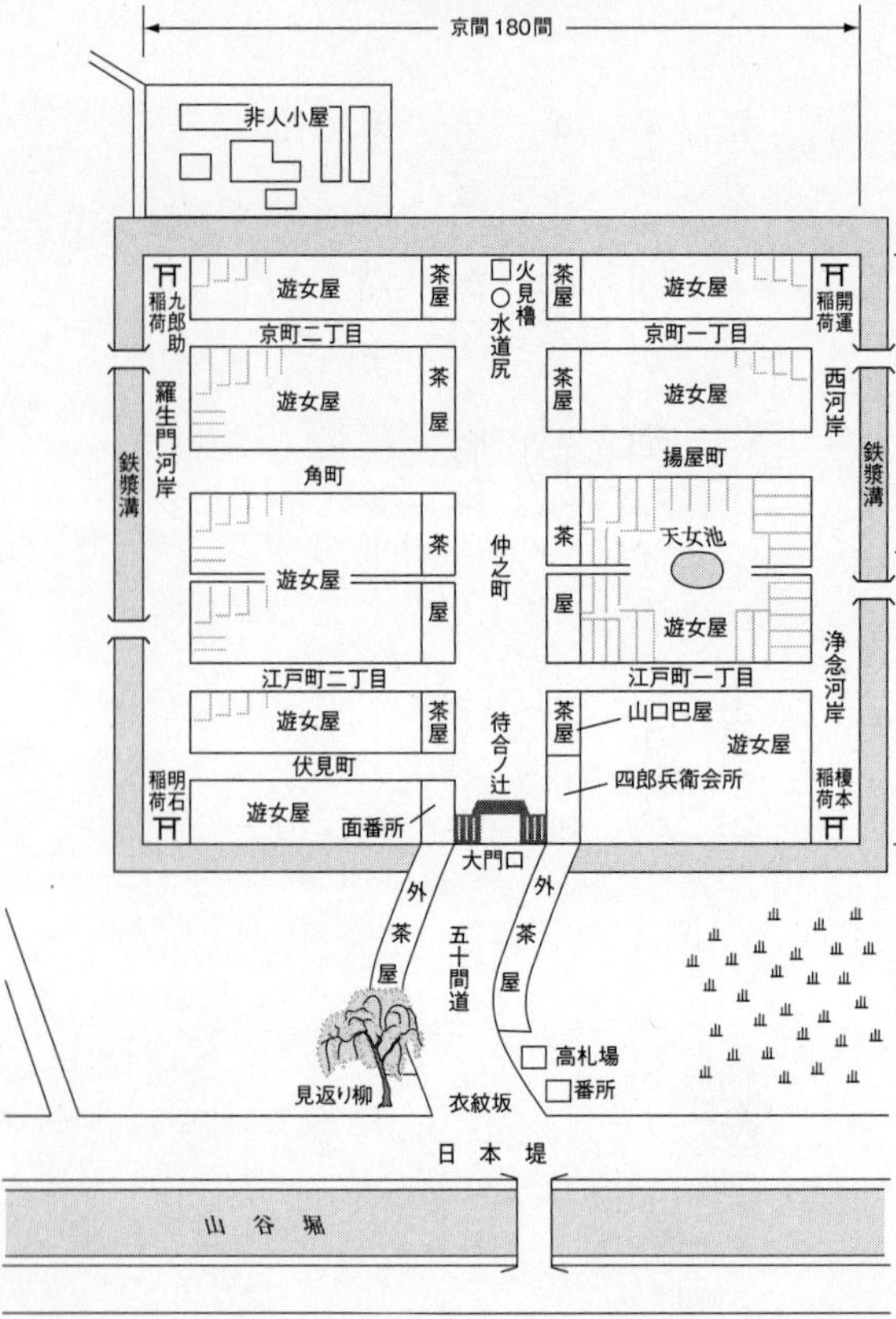
京間180間
非人小屋
九郎助稲荷
遊女屋
茶屋
火見櫓
水道尻
開運稲荷
京町二丁目
京町一丁目
羅生門河岸
西河岸
鉄漿溝
角町
揚屋町
仲之町
天女池
京間135間
江戸町二丁目
江戸町一丁目
浄念河岸
山口巴屋
伏見町
待合ノ辻
四郎兵衛会所
明石稲荷
榎本稲荷
面番所
大門口
外茶屋
五十間道
高札場
番所
見返り柳
衣紋坂
日本堤
山谷堀

北
東
西
南
鐘ヶ淵
大橋
千住道
小塚原
日本堤
隅田川
三河島
日暮里
田端
駒込
谷中
金杉上町
新吉原
今戸町
山谷堀
今戸橋
鷲神社
浅草寺
千駄木
白山
下谷
東叡山寛永寺
根津権現
本郷
御薬園
小石川
中堂
不忍池
伝通院
幡随院
広徳寺
阿部川町
新堀川
東本願寺
浅草花川戸町
吾妻橋
田原町
竹町ノ渡し
三間町
並木町
駒形堂
蔵前
菊坂町
池之端仲町
下谷広小路
湯島天神
春日町
水戸徳川家
御徒町
牛込
森田町
御米蔵
神田川
神田明神
外神田
向柳原
天王町
浅草橋
柳橋
神楽坂
牛込御門
小石川御門
水道橋
昌平橋
筋違御門
和泉橋
柳原土手
両国広小路
御竹蔵
本所
番町
田安御門
俎板橋
雉子橋御門
一ッ橋御門
内神田
馬喰町
両国橋
回向院
竪川
市谷
市谷御門
清水御門
神田橋御門
小伝馬町
今川橋
日本橋
新大橋
常盤橋御門
小名木川
室町
江戸橋
麹町
江戸城
北町奉行所
半蔵御門
呉服橋御門
日本橋
南茅場町
仙台堀
深川
西之御丸
南町奉行所
鍛冶橋御門
京橋
組屋敷
八丁堀
永代橋
材木町
富岡八幡宮
霊岸島
永田町
桜田御門
赤坂御門
数寄屋橋御門
西本願寺
石川島
越中島調練場
山王日枝神社
新橋
築地
佃島
溜池
幸橋御門
汐留橋

『晩節遍路』主な登場人物

神守幹次郎／四郎兵衛（八代目）

豊後岡藩の馬廻り役だったが、幼馴染で納戸頭の妻になった汀女とともに逐電の後、江戸へ。吉原会所の七代目頭取・四郎兵衛と出会い、剣の腕と人柄を見込まれ、「吉原裏同心」となる。薩摩示現流と眼志流居合の遣い手。非業の死を遂げた七代目四郎兵衛の後を継ぎ、八代目頭取・四郎兵衛に就任した。頭取と裏同心の二役を務める。

汀女

幹次郎の妻女。豊後岡藩の納戸頭との理不尽な婚姻に苦しんでいたが、幹次郎と逐電、長い流浪の末、吉原へ流れつく。遊女たちの手習いの師匠を務め、また浅草の料理茶屋「山口巴屋」の商いを任されている。

加門 麻

元は薄墨太夫として吉原で人気絶頂の花魁だった。吉原炎上の際に幹次郎に助け出され、その後、幹次郎のことを思い続けている。幹次郎の妻・汀女とは姉妹のように親しく、先代伊勢亀半右衛門の遺言で落籍された後、幹次郎と汀女の「柘榴の家」に身を寄せる。

四郎兵衛（七代目、故人）

吉原会所の七代目頭取。吉原の奉行ともいうべき存在で、江戸幕府の許しを得た「御免色里」を司っていたが、吉原を守る闘いの最中、敵の手に落ち落命した。

根郷

吉原五丁町の総名主を長年務めていた。七代目の四郎兵衛亡き後、家督と総名主の名代を倅に譲り、根岸の地で隠居生活を送る。

三浦屋四郎左衛門（九代目）

京町一丁目の大見世・三浦屋の楼主にして、吉原五丁町の総名主。

伊勢亀半右衛門（八代目）

浅草蔵前の札差を束ねる筆頭行司。幹次郎が後見を務める。

仙右衛門
吉原会所の番方。幹次郎の信頼する友。

桑平市松
南町奉行所定町廻り同心。幹次郎とともに数々の事件を解決してきた。

瀬口竹之丞
南町奉行所の新任の隠密廻り同心。代々奉行直属の密偵のような職務につく。

嶋村澄乃
亡き父と七代目四郎兵衛との縁を頼り、吉原にやってきた。若き女裏同心。

新之助
水道尻にある火の番小屋の番太。澄乃と協力し、吉原の治安を守る。

玉藻
七代目四郎兵衛の娘。仲之町の引手茶屋「山口巴屋」の女将。

村崎季光
南町奉行所隠密廻り同心。吉原にある面番所に詰めている。

足田甚吉
幹次郎と汀女の幼馴染。豊後岡藩の中間だった。現在は藩を離れ、料理茶屋「山口巴屋」の男衆をしている。

政吉
吉原会所の息のかかった船宿・牡丹屋の老練な船頭。会所の御用を数多く務める。

磯次
政吉の孫で、見習い船頭。吉原会所の仕事に憧れを持っている。

車善七
浅草溜を差配する頭。幹次郎の協力者。

浅草弾左衛門（九代目）
父である先代弾左衛門逝去後、十五歳でその跡を継いだ長吏頭。

晩節遍路——吉原裏同心（39）

第一章　初対面

一

　この日の八つ（午後二時）時分、吉原会所の八代目頭取四郎兵衛は、九代目えた頭の浅草弾左衛門の屋敷を訪ねた。

　前日、切見世（局見世）の普請が非人頭の車善七の配下の手で完成したとの報告を受けた四郎兵衛は羅生門河岸から西河岸（浄念河岸）と見廻り、その足で浅草溜を訪ねて切見世の環境が改善されたことに礼を述べた。すると、

「八代目、溜などにたびたび御免色里の吉原会所の八代目頭取が訪ねてこられてはなりませぬ」

　善七がこう応じた。

「いえ、私どもはお隣同士ではございませぬか、なんの差し障りがございましょう。なにより溜と吉原は長い付き合いがございます。早朝の仲之町の掃除に始まり、吉原の汚れ仕事はすべて善七どのの配下の方々がなさっておられます。四郎兵衛、どう感謝してよいか分かりません」

「八代目のようにお考えになる人ばかりではありますまい。四郎兵衛様、五丁町の名主様をはじめ、妓楼、茶屋の主がたは、私どもの姿、目に留めてもおられますまい。どうかお気をつけてくだされ」

と言い添えた車善七が、

「なんぞ懸念がございますかな、そんな気がしましてな」

と四郎兵衛を正視した。

しばし沈思したのち、四郎兵衛の、

「吉原には常に触手を伸ばされるお方がございます」

との漠然とした返答に善七が頷き、

「御免色里の吉原を己のものにしようと考えられる新たなる御仁が現れましたか」

その問いに、善七ははっきり悩みを告げよと言っていると四郎兵衛は感じた。

「家斉様御台所総用人なる肩書きの主でございましてな、西郷三郎次忠継と申されるお方です」

「西郷姓から察して薩摩人でしょうか。家斉様の正室が島津重豪様の娘御茂姫こと近衛寔子様でしたな。となると軽々な動きは吉原会所もできませんな。なにしろ公方様と西国の雄藩の島津家を相手にせねばならぬことも考えられます」

「さよう。西郷なる御仁の拝領屋敷は烏森稲荷近くにございますそうな、この御仁の身分とは不釣り合いの輩が出入りしているとか」

「おやおや」

と応じた善七がしばし間を置いたあと、

「四郎兵衛様は長吏頭九代目の浅草弾左衛門様と知り合いでしたかな」

と不意に話柄を変えた。

「いえ、先代の四郎兵衛と先代の弾左衛門様とは間違いなく昵懇の付き合いがございましたでしょうがな。それがし、つい先日一人二役になった新入りです。陰の人であった者が長吏頭当代様と面識はございません」

と四郎兵衛が答えた。

公儀では浅草弾左衛門をえた頭と呼んだ。が、弾左衛門自らは長吏頭と称してきた。

「八代目四郎兵衛様は京から江戸へいつお戻りでございましたかな」

との善七の問いが四郎兵衛に向けられた。

「五月五日にございました」

「ご両人が知り合うのはいささか無理がございましたな」

と善七が断定した。

四郎兵衛は善七を見た。

「四郎兵衛様と加門麻様が京におられたころ、四月六日に浅之助様が北町奉行所の御白洲に麻裃で出頭し、南北両奉行に御目見して弾左衛門と改名、九代目のえた頭、つまりは関八州の長吏頭を襲名したのですよ」

「それがしが江戸を不在にしていた折りに代替わりが行われたのですな」

「さよう」

「ただ今の長吏頭浅草弾左衛門様は十五歳と聞いております」

四郎兵衛に頷いた善七が、

「九代目のもとに後見人の佐七、手代の富右衛門と彦助らを従えての御目見にございました」

正保二年（一六四五）以来、代々の浅草弾左衛門は弾左衛門屋敷に居住し、

「関八州・伊豆」

と、

「駿河、甲斐、陸奥三国の一部」

に居住する一族を支配してきた人物だ。

神守幹次郎を通じて四郎兵衛は承知していた。

「善七どの、九代目弾左衛門様にお会いせよと申されますか」

「余計な節介にございます。新任の吉原会所の八代目頭取と長吏頭九代目両人がこの機会に知り合うことは悪くなかろうと思いましてな」

と車善七が言い切った。

瞑目して沈思した四郎兵衛が、

「私めが九代目弾左衛門様に会うために、なんぞ用意することがございましょうかな」

「ございません。それよりいささか急ですが本日、昼下がり八つ時分に弾左衛門様のお屋敷を訪ねることができますかな」

「万難を排してお訪ねします」

「ならばこれ以上私が差し出がましい口を利く要はございますまい。車善七、この際、ご両人が面談することがなにより大事かと愚考しました」

四郎兵衛は、訪いの刻限まで一刻半（三時間）はあると思案し、善七の申し出を承った。


急ぎ吉原会所に戻った四郎兵衛は、柘榴の家に若い衆を使いに走らせ、麻裃を届けるように願った。その上で番方の仙右衛門に事情を告げて九代目浅草弾左衛門について知ることを話してくれるように頼んだ。

「失礼致します」

と告げて御用座敷に入ってきたのは女裏同心の嶋村澄乃だった。澄乃の耳に仙右衛門の言い訳めいた気になる言葉が入ってきた。

「先代の四郎兵衛様が身罷られて以来、慌ただしい日々を過ごしておることを八代目に説く要はございませんな。長吏頭が代替わりしたことをうっかり気に留めておりませんでした。先代ならば早速挨拶に参られたでしょうな」

「当代がどのような人物かご存じないかな」

ふたたび念押しした四郎兵衛の言葉に、

「お若い弾左衛門様について、わっしが知ることはほとんどございません」

仙右衛門の言葉を聞いた澄乃が、

「四郎兵衛様、どのようなことでもようございますか」

「かまわぬ」

「母御に育てられた浅之助様は、茶席で供されるような京菓子が好みと噂に聞きました」

「十五歳であれば甘味を欲して当然であろうな。お若い弾左衛門様が喜びそうな甘味はなんであろうかな」

四郎兵衛の問いに澄乃がしばし考え、

「当代の弾左衛門様がどのような甘味がお好きか存じません。

ただ、つい最近のことです、並木町の料理茶屋山口巴屋では京の老舗の菓子舗が室町に江戸店を開いたのを知り、そちらの菓子を購って供したところ、甘味通のお客様に大評判とか。かような菓子は総じて若い方は好きではないように思えますが、料理茶屋の見習いさんがたにも好まれておるとか。一見渋好みですが甘さが上品といいましょうか、奥が深いのです。かような菓子舗の甘味などはいかがでしょう」

「澄乃、玉藻様と姉様にも質して、その店の評判の生菓子が美味いとなれば購うてくれぬか」

澄乃は四郎兵衛が名を挙げたふたりからと室町界隈で、京の菓子舗の江戸店の評判を聞いた上で買い求めてくることにした。

吉原会所の御用部屋に四郎兵衛と仙右衛門のふたりだけになった。しばし瞑目した四郎兵衛が、

「番方、新川河岸に下り諸白は届いておろうか」

「時節としては悪くございませんな、新酒番船は外海を一気に走りますからな、波に揺られて美味を増した四斗樽を弾左衛門屋敷に届けますかえ」

「私が弾左衛門屋敷に訪ねた少しあとに届くように手配りできますか」

しばし考えた仙右衛門が、

「やってみましょう」

と小頭の長吉を呼んで船宿の牡丹屋に走らせた。そうこうするうちに柘榴の家から加門麻自らが麻裃を届けに姿を見せた。

「四郎兵衛様、なんとも吉原会所は多忙な様子ですね。奉行所へのお呼び出しにございますか」

「そうではない。九代目浅草弾左衛門様を訪ねて就任された祝いをなすのだ。溜の車善七どのに手配りをしてもらいました」

「私どもが京に滞在していた折りに弾左衛門様方では代替わりがあったそうですね。私もつい先日聞かされました」

「承知はしておったのだが危難に紛れてご挨拶を怠っていました。車善七どのに、この際、弾左衛門様と面談するのは吉原会所にとってよきことと勧められてかような慌ただしい話になったのだ」

「ならば、四郎兵衛様、麻裃にお召し替えくだされ」

と麻が手伝い、着替えをしている最中に室町の菓子舗に行っていた澄乃が早駕籠で戻ってきた。

「おや、澄乃はん、室町の菓子舗山城祐善の生菓子『京之秋』を購ってきはりましたんか。さようか、当代の弾左衛門様は、甘い物がお好きどすか」

と麻は慌ただしい動きはすべて弾左衛門と関わってのことかと理解した。ふと思いついた四郎兵衛が問うた。

「麻、そなた、代替わりした弾左衛門様とは知り合いではあるまいな」

「当代とは面識はございません」

そう答えた麻が、

「ただし先代の弾左衛門様とはさるところでお目にかかったことがございます」

と御免色里の吉原ではないと告げた。

「ならばこの際、麻様を弾左衛門屋敷に同道されませんか。当代は知らなくても代々の弾左衛門様の後見人を務める佐七さんらと面識はありませんかえ」

と仙右衛門が言い出した。

「後見人の佐七さんとは、灯心問屋主彦左衛門様ですね。そのお方ならば承知しています」

この言葉を聞いた仙右衛門が四郎兵衛を見た。

しばし考えるふりをした四郎兵衛が、

「こたびの訪い、江戸不在をした私の欠礼に始まったことです。初対面の相手様に麻まで連れてゆくのはどうでしょうね。私一人がお会いして、まずお詫び申し上げた上、遅まきながら祝意を述べさせてもらいましょう」

と決意を述べた。

仙右衛門は無言で頷いた。

四郎兵衛は、浅草弾左衛門屋敷の門前に立ち、訪いを門番に告げた。

「吉原会所の頭取四郎兵衛様ですな。奥にこの旨通しますで暫時お待ちくだされ」

と門番が奥へと消えた。

四郎兵衛は供も連れず、自ら菓子舗山城祐善の生菓子『京之秋』を両手に抱えて待機していた。

四郎兵衛は、慌ただしくもこの屋敷の主について吉原裏同心として聞き知ったことを思い出していた。

代々の長吏頭浅草弾左衛門は、
一、絆綱銭、家別銀、小屋役銀、職場年貢銀など税金を配下から集める権限
二、独自の裁判権
三、追放刑以下の執行権
を幕府から認められていた。これらの特権の代わりに太鼓、革細工、灯心などを公儀に上納することを命じられていた。また配下とは、えた身分五千六百六十四軒、非人身分一千九百九十五軒、猿飼など六十一軒（寛政末期、一八〇〇年ごろ）の者たちである。

つまり浅草弾左衛門こと矢野弾左衛門は、幕府の、

「陰の部分」

を支配しているともいえた。

そして今ひとつ、長吏頭弾左衛門と浅草溜の車善七の間柄を思い出していた。

それは、非人頭の車善七が長吏頭の配下ではないと主張して起こった争論だ。

この争いに勝訴したのは弾左衛門だった。つまり非人頭の車善七も弾左衛門の支配下に置かれたのだ。

両人は微妙な間柄にあるにも拘わらず、四郎兵衛に弾左衛門に会えと善七は勧めてくれたのだ。

(どう考えればよいのか)

「お待たせ申しましたな、八代目四郎兵衛様」

と声がして壮年の男が姿を見せた。

四郎兵衛は咄嗟に、

(どこかで見かけた人物)

と思ったがはっきりと思い出せなかった。むろん四郎兵衛としてではない、吉原会所の裏同心神守幹次郎として会ったということであろう。

「八代目、私め、弾左衛門の後見人佐七と申します」

「おお、私は吉原会所の頭取を務める四郎兵衛にございます。本日は前もって約定もなく突然の訪いにございます。九代目長吏頭弾左衛門様にご挨拶が叶いましょうか」

「約定もない突然の訪いと申されますが、浅草溜の車善七から報せが届いておりますぞ」

「おお、善七どのがさようなお計らいをなさってくれましたか。恐縮至極にございます」

「まずはともあれ奥へ」

と屋敷へと案内されていった。

浅草弾左衛門屋敷は、弾左衛門の「私邸」でもあり、関八州をはじめとする各地の支配を統括する「役所」でもあった。

四郎兵衛は佐七に案内されながら、広大な敷地の中に弾左衛門が支配する、

「国体」

があると感じた。長吏頭が居住する地は徳川幕府が支配する地の一部であった。

だが、いったん敷地に一歩でも踏み入れると弾左衛門の別世界が広がっていた。

鉄漿溝と高塀に囲まれた二万七百六十七坪、拝領地とも町屋とも異なる世界のように一見思えても、

「御免色里」

と冠された遊里の内外は、間違いなく公儀の支配する地、遊里吉原であった。それが証しに大門脇に町奉行所隠密廻り同心が常駐していた。

だが、弾左衛門屋敷は公儀が支配している体裁を取っていたが、四郎兵衛には明らかに「異界」に思えた。

革細工の店や太鼓や灯心の工房が並ぶ景色は、四郎兵衛にとって珍しいものであった。

「後見人佐七どの、大変恐縮ながらお伺いして宜しゅうござろうか」

「なんなりと、四郎兵衛様」

「私め、そなた様と面識がござろうか。最前からどちらかでお会いしたようで思い出せず、胸に閊えております」

ふっふっふふ

と佐七が笑った。

「なんぞ可笑しゅうござるか」

「四郎兵衛様、私めもさようなことを最前門前でお会いした折りから感じておりましてな」

「なんと同じことを感じておられるか。まさか前世とか」

「四郎兵衛様は前世を信じておられるか」

「いや、ふだんは思ったこともない考えでしてな。弾左衛門様の支配下の土地が私を刺激しておるように思えます」

四郎兵衛の言葉に頷いた佐七が不意にもうひとつの門前に立った。一見、吉原の大門にも似た門だった。

「そなた様はただ今四郎兵衛様でございますな」

と佐七が質した。

「一人二役、今もって当惑しつつ、一心同体に吉原会所の裏同心神守幹次郎と吉原会所八代目頭取のふたりがおりますれば」

「ふたりがおられますかな」

頷く四郎兵衛に、

「ならば神守幹次郎様にお尋ね申しましょう、ようございますか」

「なんなりと」

「神守様は吉原会所に関わりを持つ前、ご新造様といっしょに十年にわたり妻仇討の追っ手にかかって逃亡暮らしを続けてこられたとか」

「いかにもさようでございます」

とだけ四郎兵衛が答えた。

すでに弾左衛門の後見人は神守幹次郎の半生を克明に承知していると確信した。

「死を常に意識しての逃亡暮らしが神守幹次郎様を凄腕の吉原会所の裏同心に変身させた。この歳月、どれほど吉原会所は神守幹次郎様に助けられたか」

「陰の人裏同心を造り上げたのは、御免色里にござる。夫婦ふたり安穏に暮らせる恩義を感じるのはわれら、神守幹次郎と汀女の両人でしてな。でありながら、それがし、先代の四郎兵衛を無残にも殺される羽目に陥らせてしまいました。その咎を一人二役の生き方で償っておりまする」

「八代目頭取に就いたのは出世ではのうて、罪咎ゆえですかな」

「それがし、そう思うております」

と言ったとき、枝折戸の前に出ていた。

「話が中途半端になりましたな、私ども、これからも長い歳月をともに生きていくような気がします。その折り、本日のように話の先を徒然に語り合いましょうかな」

と言った佐七が、

「弾左衛門の私邸にございます」

と枝折戸の中に誘った。

泉水の中に平らな岩場が突き出しており、平らな岩場に縁台がふたつ置かれていて、大きな傘が差しかけられて秋の日差しを避けていた。

明らかに九代目弾左衛門と思しき人物が独り座して物思いに耽っていた。

二

「長吏頭弾左衛門様、吉原会所の八代目頭取四郎兵衛様にございます」

後見人の佐七が声をかけると、弾左衛門がゆっくりと眼差しを四郎兵衛に向けた。

九代目を継いだ若者は爽やかな笑みを浮かべて四郎兵衛に会釈した。

「弾左衛門様、四郎兵衛にございます」

と名乗ると、

「一人二役、お慣れになりましたか」

と好奇心に満ちた表情で問うた。

「未だ慣れませぬ。ただ今も弾左衛門様を前に、『私は四郎兵衛ですぞ』と言い聞かせておりまする」

「それは大変ですね」

十五歳の弾左衛門の言葉は素直さに溢れていた。

なんの作為も四郎兵衛には感じ取れなかった。そして、この若者の五体には徳川幕府の陰の世界を仕切る重圧が漂っていることを感じた。

「弾左衛門様、四郎兵衛め、迂闊にも九代目弾左衛門様の就任を知りながらお祝いに参上せずにおりました非礼を溜の車善七どのに指摘され、失礼を省みずかように遅まきながらお目通りを願いましてございます。にも拘わらず快く面会を許された弾左衛門様の寛容に深く感謝しております。

九代目就任、おめでとうございます」

両手に菓子折を抱えて頭を下げる四郎兵衛に、

「非礼はお互いにございましょう。私が九代目を公儀から許され関八州をはじめとした地域の長吏頭に就いた折り、そなた様は吉原会所の命で京におられたとか。

その上、江戸へ帰府早々に御免色里の吉原の八代目に就任なされて多忙極まる日々を過ごしてこられた。ましてや八代目は吉原を仕切ってきた知多者ではなく、元は神守幹次郎と申される陰の人、その大変さは、この弾左衛門の比ではございますまい」

と言った弾左衛門がふと気づいたように、

「おお、客人をいつまでも立たせたままでしたね。両手に抱えられた包みは京から江戸室町に進出してきた老舗山城祐善の生菓子ではございませぬか。私への土産と考えてようございますか」

とにこやかな笑顔で質した。

「弾左衛門様は甘味が好物と聞き、かように持参致しました。すでにお口にしておられる様子、『京之秋』なる生菓子はいかがですか」

「四郎兵衛様、老舗の名を知るだけで口にはしておりません。どうでしょう、この縁台に茶を運ばせます。新参者ふたり、甘いものを食しながら互いの苦労をお喋りしませぬか」

と傘の下に設けられた席を指した。そして、後見人の佐七に目顔で茶を催促した。

四郎兵衛は腰を屈めて弾左衛門の傍らに山城祐善の菓子折を置いた。

にっこりと笑った弾左衛門が菓子折に手を差し伸べて、

「中身を見てようございますか」

と四郎兵衛に乞うた。

「もはや弾左衛門様の『京之秋』にございます」

「有難う」

と応じた声音には甘味好きの十五歳の気持ちがあった。

そこへ女衆が盆をふたつに、大ぶりの蓋付きの茶碗を運んできた。四郎兵衛が抱えた包みからかような場面を想定していたのか、遅滞のない接待であった。

弾左衛門が菓子折を開いて、

「おおっ」

と喜びの声を発した。素直な喜びがあった。

「ただ今、黒文字と皿を持参させます」

と佐七が若い主に言うと、弾左衛門が、

「佐七、この場はよい。四郎兵衛様とふたりして遠慮なく手摑みで菓子を食したい。京のお方には悪いが、甘味の一番美味しい食べ方は手摑みですよ」

と十五歳が老練な後見人に言い切った。

女衆が佐七の顔を窺った。

「この場の吉原会所の八代目頭取四郎兵衛様のご接待、わが主にお願い申しましようかな」

と言い残した佐七が女衆とともにその場を去った。

弾左衛門の私邸にふたりだけが残された。

「四郎兵衛様、頂戴します」

と弾左衛門が手でひとつ生菓子を摘まむと、しげしげと眺め、ゆっくりと口に入れて食した。すると若い顔になんとも表現できぬ微笑みが生まれた。

「いかがでございましょうな」

「山城祐善の生菓子、初めて食しましたよ。やはり手摑みのほうが甘味の味がよう分かります。四郎兵衛様も食されませぬか、それとも神守幹次郎様は西国の大名家の出にございましたね。手摑みはいけませぬか」

「大名家の家臣とは申せ、長屋育ちの下士にございます。手摑みは幼きころからの馴染みの食し方にございます」

と言った四郎兵衛も弾左衛門を真似て京菓子を摑んで口に入れ、しばしもぐも

ぐと味わい、

「たしかに菓子は手掴みがいちばん美味しい食し方でございますな。この齢までさようなことを知りませんでした。お若い弾左衛門様に教えられました」

「私どもふたり、年齢は異なりますが吉原会所の頭取と長吏の頭分に就いたばかり、お互い難儀や厄介が降りかかっておりましょう。ときにかような場を設けて話し合いませぬか」

と若い弾左衛門のほうから提案があった。

「四郎兵衛、なんとも喜ばしいお言葉にございます。一人二役の新米が九代目の弾左衛門様にお教えすることなどあるとも思えませぬがな」

と四郎兵衛も笑みの顔で応じた。

「ございますとも。神守幹次郎様の噂はこの屋敷でもよう聞かされてきました。ご新造の汀女様と神守様が吉原に関わりを持って、官許の吉原がどれほど得をしたか、佐七らから聞いております」

後見人の佐七が口にしたのと同じ考えを弾左衛門も告げた。

「なんと神守幹次郎めの汚れ仕事をご承知ですか」

ふたつ目の『京之秋』に手を伸ばした弾左衛門が体の向きを四郎兵衛に向け直

し、顔を正視すると、

「なぜでございましょう」

「なぜ、とはどのような問いにございますか」

「四郎兵衛様は分身神守幹次郎様の務めを汚れ仕事と申されましたが、少なくとも私がお会いしている神守様にはさような翳はどこにも感じられませぬ」

と弾左衛門が言い切った。ということは弾左衛門は裏同心神守幹次郎の来し方を詳しく承知しているということではないか。

「私、ただ今四郎兵衛にございますれば」

「神守幹次郎様の折りは違うと申されますか」

「さあて、どうでございましょう」

「後見人佐七がわが屋敷の奥に入ることを許した初対面の者は、九代目を襲名以来片手の指に足りぬほどです。私、十五と幼うございますが、四郎兵衛様であれ、一心同体の神守幹次郎様であれ、見る目は持っておる心算です」

と言い切った弾左衛門が確信を持って頷き返すと、ふたつ目の生菓子を口にした。

「お茶を頂戴します」

と許しを乞うた四郎兵衛が茶碗の蓋を取ると桜茶だった。

ゆっくりと喫する四郎兵衛を見直した弾左衛門が、

「神守幹次郎様が四郎兵衛様と同役を務められるのは、われらにとっても得難いことでございます。一人の中に吉原会所の頭取と陰の人神守幹次郎様が生きておられるとは心強い」

「私の在りようが、浅草弾左衛門様のお役所にとってなんぞ助けになりましょうか」

「なります」

ふたつ目の生菓子をいつの間にか食し終えた弾左衛門が即答した。

「四郎兵衛様は御免色里の主に等しき人、こちらは公儀から認められた表の世間を外れて異界を生きねばならぬえた頭です」

「その頭分の下に関八州をはじめとして弾左衛門様の配下の方々が何千人、何万人とおられる」

「とは申せ、公儀は私どもの生き方に厳しい眼を常に向けて監視しておられます」

四郎兵衛は初めて対面した弾左衛門の素直さをどう考えればよいか、しばし思

案した。その上で、

「弾左衛門様、吉原会所が、いえ、四郎兵衛であれ、神守幹次郎であれ一人二役の私がこちらに助勢できることがございましょうか」

弾左衛門がこんどは沈思した。

「向後（こうご）私ども両人が得心（とくしん）し合うことができた暁（あかつき）には、われらの側から願うことがあるとしたら、神守幹次郎様のお力かと存じます」

「承知仕（つかまつ）りました」

と四郎兵衛が即答した。

これにはさすがの弾左衛門も驚きの顔をした。

「一人二役、さすがに素早い決断でございます。さて」

といったん言葉を止めた長吏頭九代目が、

「私ども、どちらが主でどちらが僕（しもべ）ということはございませんね、心を許した者同士ですね。さような私どもこそ吉原会所に助勢できることがございましょうか」

「ございます」

「ほう、どのようなことでございましょう」

「九代目弾左衛門様が支配しておられる長吏身分五千六百六十四軒と非人身分千九百九十五軒から集まってくる情報でございます」

弾左衛門が四郎兵衛の言葉をとくと吟味して質した。

「例えばどのような役所の、あるいはどのような人物の情報がお知りになりとうございますか」

「家斉様御台所総用人西郷三郎次忠継なる人物について知りとうございます」

四郎兵衛は、吉原に対する西郷忠継の企てを手短に告げた。さすがに西郷個人のことは弾左衛門も承知ではなかった。

弾左衛門が手を叩き、後見人の佐七を呼ぶと四郎兵衛が告げた名を繰り返し、

「うちが知るこの者の情報がありますか」

と質した。

「ございます」

と佐七は即答した。

公儀のどこの役所についてであれ、かように即答できる処を四郎兵衛は知らなかった。公儀の闇を掌り、汚れ仕事をなす弾左衛門役所の機能と分析は、なんとも素早いと思った。

先代までの吉原会所は、七代目四郎兵衛とこちらも先代の総名主三浦屋四郎左衛門の知多者ふたりが牛耳っていた。それが機能したのはたかだか二万七百六十七坪と狭い世界だったからだ。

一方、弾左衛門の力は、関八州をはじめとする広大な地域の「陰世界」に及ぼされていた。

集まってくる情報も吉原とは比べようもないほど膨大と予測された。それを求めると弾左衛門の後見人佐七はあっさりと即答した。

四郎兵衛は内心恐れをなした。決して敵方に回してはならぬと肝に銘じた。

「されど吉原会所が知りたきことまでとなると日にちを貸してもらえますまいか。調べがついたら使いを四郎兵衛様に立てます。吉原でもなくこちらでもない場所にてお会いしませぬか」

「早速のご返答、感謝に堪えません」

「その折り、神守幹次郎様を代人に立ててくれませぬか」

佐七はこの次会う折りは、陰の人神守幹次郎と会うと言っていた。

「おお、忘れておりました、弾左衛門様にお報せがございます。四郎兵衛様の手土産は、京の甘味だけではありませんでな、私どもに下り諸白四斗樽が新川から届いております」

「おや、四郎兵衛様は並みの気遣いの人ではございませぬな。佐七、これまでの吉原会所の頭取にかような気遣いのお方がおられましたか」

「弾左衛門様、ひとりとしておられませぬ」

四郎兵衛は一瞬瞑目すると、

（かようなやり方を浅草弾左衛門役所相手になしてはならぬか）

と自問した。

されど廓の外と付き合う折り、神守幹次郎の生き方からしか考えが浮かばなかった。少しでも理解してもらおうと四郎兵衛は話すことにした。

「弾左衛門様、佐七どの、吉原会所の先代が知多者であることをご存じでございましたな」

ふたりが頷いた。

「元吉原以来、知多の出の幾人かが町奉行所の差配の代理として代々の吉原会所を仕切ってこられたのです。それだけに、一夜千両の吉原をこれまで知多者が支えてきたという強い自負を先代はお持ちでした」

「八代目にして知多者ではない神守幹次郎様が初めて吉原会所頭取に就かれた」

と佐七が言った。

「はい、裏同心と呼ばれた吉原会所の用心棒風情が八代目頭取に祭り上げられて驚いたことがいくつもあります。

そのひとつが『一夜千両』の稼ぎの妓楼や茶屋を仕切る吉原会所の持ち金が三百五十七両二分一朱と百三十文しか銭箱に残っていなかったことでございます」

この言葉を聞いた弾左衛門と佐七の両人が両目を丸くして無言で四郎兵衛を正視した。

（まさかさようなことがあろうか）

という表情だった。

「吉原会所の一年の費えは残された金子の十倍でも足りますまい。この不足分を先代の四郎兵衛は、山口巴屋の引手茶屋と料理茶屋の稼ぎを注ぎ込み、身銭を切って差配してきたのです。これが知多者のやり方でございました。廓の差配に必死で廓外の世間に対して気遣いをする余裕がなかったのかもしれません」

「驚きました」

と言ったのは佐七だった。

弾左衛門は無言を通した。

「私め、吉原会所の差配に注ぎ込む金銭は持っておりません。せいぜい相手様のお好みの品を購ってくることしかできません」

「四郎兵衛様、私はうぬ惚れておりました。この界隈のことで知らぬことはあるまいと。ただ今四郎兵衛様の話を聞かされて、世間には未だ知らぬことがたくさんあると知らされました。八代目の四郎兵衛様は、えらい苦労を背負わされましたな」

「佐七どの、それがしと汀女のふたり、先代の四郎兵衛に助けられて吉原会所の陰の奉公人になりました。先代から直に八代目を継げと命じられたわけではございませんが、神守幹次郎、微力を尽くして七代目頭取の志を継ぐ決意でございます。今後とも宜しくお付き合いのほどお願い申します」

四郎兵衛に立ち戻って両人に願った。

弾左衛門と佐七が大きく首肯した。

このような対応が今後のためになるかどうか、四郎兵衛には自信がなかった。

「四郎兵衛様、承知しました」

との弾左衛門の返答に佐七がふたたびふたりの前から姿を消した。

「弾左衛門様、前々からの約定も取らずして初対面から貴重な時を費やさせましたな」

と四郎兵衛が詫びた。

「四郎兵衛様、重ねて申します。長吏頭と吉原会所の頭取は、同じような苦労を負っております。私の立場には佐七をはじめ、助勢する奉公人がたくさんおります。四郎兵衛様の場合、お独りで得物も費えもなく戦う羽目になられた」

と十五歳の弾左衛門が言い、

「四郎兵衛様は吉原の改革から八代目の仕事に着手すると佐七らから聞かされていますが、金子がなくて願いが叶いますか」

と質した。

「弾左衛門様、かような立場の四郎兵衛にも手助けしてくれる方々もおられます。ともあれ手持ちの金子がないゆえに吉原の改革はまず金策が最初の仕事でした」

「金策ができましたか」

「このこと、弾左衛門様の胸に留めてくれませぬか。いえ、私の話すことの真偽の判断がつかぬ折りは後見人の佐七どのに相談なされませ」

と前置きして、失脚した老中首座松平定信から曰くのある金子を得たことを差し障りのないところでざっと告げた。

「驚きました。そのような立場に立たされたとしたら、私にはその金子の一部として用立てる力はありません。四郎兵衛様、私がそのような立場に立たされた折り、捻出（ねんしゅつ）の仕方を教えてくだされ」

と弾左衛門が願った。

「はい、その折りはごいっしょに知恵を絞（しぼ）りましょうか」

「四郎兵衛様と知り合って今日はなんともよき日にございました」

「ときにお会いして無駄話をなす約定でしたな、私とて同じ想いです」

「はい、私は父を早く亡（な）くしました。なんとなく四郎兵衛様が父親のように感じられました」

「この四郎兵衛が九代目の弾左衛門様の父親とは恐れ多くて務められそうにございません」

「本日は一人二役の半身、四郎兵衛様と知り合いになりました。この次は、神守幹次郎様とお会いしとうございます」

「そのほうが四郎兵衛も気楽でようございます」

「私どもの交際、長い付き合いになろうかと思います」

「はい、よしなに交遊（こうゆう）を願います」

と四郎兵衛は辞去するために立ち上がった。

驚いたことに弾左衛門屋敷を出たとき、七つ（午後四時）の時鐘が浅草寺から響いてきた。ふたりは和やかにも長時間、同じ時を過ごしていたのだ。

三

四半刻（三十分）後、四郎兵衛は五十間道の外茶屋あみがさ屋の持物だった浅草田圃を見渡す日本堤（通称土手八丁）の土手に立っていた。

吉原を長く留守にしたが、番方の仙右衛門は四郎兵衛がどこを訪ねているか承知していた。

衣紋坂の見返り柳から大門の方向を見たが、むろん昼見世を終えた仲之町の様子も大門も見ることは叶わなかった。緩やかに五十間道が三曲りにうねっているせいだ。だが、吉原に騒ぎが降りかかっているとは思えなかった。

そこで衣紋坂へ曲がらず足を延ばし、吉原会所の田圃一町二反（三千六百坪）を眺めに来たのだ。すると、田圃の一角に腕組みして思案の体の棟梁の染五郎がいた。胸からは紐で吊るした一尺（約三十センチ）四方くらいの薄板を下げていた。ときに腕組みを解いて黄金色に色づいた稲穂を眺め、薄板を持ち上げ視線を落としてなにごとか確認していた。

染五郎はあみがさ屋の跡地に小川を挟んで接する田圃の使い道を思案しているのだろうと思った。薄板は絵図面だろうか。

思案に夢中で染五郎が四郎兵衛に気づいていないのをよいことに、衣紋坂へと戻った。すると今では吉原会所の持物の土地の前に五十間道を挟んである飛脚屋あがり屋の番頭川蔵が、店の中から四郎兵衛に、おいでおいでと手招きした。

「驚きました」

と言った番頭を歩み寄った四郎兵衛は見返した。

「吉原会所はあみがさ屋の敷地を購われましたか。四百七十五坪ほどのあの土地、なかなかの値段でしたでしょうが」

「うちがあみがさ屋さんの敷地家屋を購ったことより、さような金子をようも用意できたな、と驚かれましたかな」

「正直、それもそうです。ですが、吉原会所が外茶屋の広い土地をなにに使うか気になっています。八代目の頭取に就任して以来、四郎兵衛様には驚かされっぱなしですからな」

「思案をしている最中です」

「いや、四郎兵衛様の頭の中にはもう絵図面が出来上がっているのではないですかな。このところちらりちらりと染五郎棟梁を五十間道界隈で見かけます。四郎兵衛様はすでに棟梁を選んでおられる。ということはあみがさ屋の跡地をどうするかすでに決まっているということです」

四郎兵衛は否とも諾とも応じず、

「その噂、この界隈に広まっておりますかな」

と情報通の飛脚屋の番頭川蔵に質した。

「あみがさ屋の一族が親しい付き合いの住人には密やかに別れの挨拶をしていかれましたでな。だが、ご一族は敷地を売った相手が吉原会所とはひと言も申されませんでしたな」

「こちらの前の土地を吉原会所がどう使うか、きっちりとした絵図面ができた折りにお話し申します。この八代目四郎兵衛は、御免色里の廓と五十間道の外茶屋などの内外がこれまで以上にしっかりと手を結んで、商いが繁盛することを望んでおりましてな」

「ほう、それはどんな手立てでございましょうかな」

「それを思案の最中です」

と言い残した四郎兵衛は大門に向かった。

大門には面番所の村崎季光同心が無精髭の顎を掌で撫でながら待ち構えていた。

「おい、八代目、朝方からどこをほっつき歩いていた」

「金策でございます」

「ほう、金策な、面白い話を聞いたぞ」

「なんぞ面白きことがございましたかな」

「そのほう、吉原会所が町奉行所隠密廻りの支配下にあることを忘れておらぬか」

「村崎様、とんでもないことですぞ。なぜさようなことを申されますな」

「わしが目も見えぬ、耳も聞こえぬと思うておらぬか」

「さようなことをどなたが申されましたな、村崎様」

「そのほうよ」

「私がさようなことを言うた覚えはございませんぞ」

「ならば訊こう。そのほう、五十間道の間口九間半（約十七メートル）の外茶屋の跡地を購ったというではないか」

「おお、村崎同心の耳に届きましたか。あれには曰くがございましてな」

「曰くとはなんだ、いい加減な話は許さぬ」

「元の持ち主、あみがさ屋では譲渡が済み、一族が江戸を離れて伊勢に向かうまで取引は極秘にしてほしいというのが条件でございました」

「あみがさ屋がさような条件をつけたか」

「村崎様、官許の廓の外茶屋の売買まで面番所のお許しがなければなりませぬかな。さような触れがございましたかな」

「ああ言えばこう言うか。四郎兵衛、そのほうがうだうだ抜かす折りは、なにごとか隠しごとがあるときじゃ」

と言い放った。

「隠しごとなどございませんがな」

「ならば訊こう。そなたは八代目に就いて吉原会所の持ち金を調べたところ、三百五十七両余りしかなかったと過日申したな」

とうとう村崎同心が不審に思ったかと、村崎同心が四郎兵衛を待ち受けていた曰くを察した。

「はい、申し上げましたな。その前に」

「その前になんだ」

「かような内緒ごと、ましてや夜見世前に、大門の前ですべき話ではございますまい」

「ならば、面番所に参れ。小者は外へ放り出すわ。それでよいな」

四郎兵衛はしぶしぶという顔で面番所に連れ込まれた。

小者を使いに出した村崎が、

「四百両ぽっちの金子であみがさ屋の敷地とお店が買い求められたなどと詭弁を弄するでないぞ」

と釘を刺した。

ふたりは殺風景な面番所の上がり框に腰を下ろした。

「さすがは村崎同心どの、世間の相場をご存じですな。四百七十五坪の土地だけでも大変な値でしょうな」

「他人事のような言葉を吐きおるか。それにしてもあみがさ屋は五百坪近くの土地を五十間道のよき場所に所有しておったか」

と村崎同心は、あみがさ屋が商いをしていた折りに縁を持つべきであったかと悔いの表情を見せた。

むろん面番所は廓内の差配監督が務めで、面倒な実務は吉原会所にさせていた。吉原会所も本来ならば、面番所から委託される御用は廓内にかぎられていた。ところが大門を挟んだ五十間道の外茶屋の商い先が廓内である以上、五十間道や日本堤の編笠茶屋にも吉原会所の差配が及ばざるを得なかった。つまり五十間道や日本堤の外茶屋などは面番所の差配地、吉原の準廓内と扱われてきた。

村崎同心が、しまった、という顔を見せたのは、あみがさ屋が商いを続けていた折りに「縁」を結んでおれば金子が稼げたという悔いだった。

「おい、四郎兵衛、あみがさ屋を買い求めた金子をそのほう、所持していたか」

「とんでもないことですぞ。過日、申し上げた金子の三百五十七両余りが会所の持ち金のすべてにございました」

「じゃから、さような金子で五百坪近くの敷地と家屋が購えるかと言うておるのだ。吉原会所は隠し金を持っていたか」

「村崎様、借財です」

と即答した。

「借金で買ったというか」

「はい」

「だれからの借財じゃ」

「村崎様、さるところからの借財ということにしてくだされ。相手様もあること、吉原会所とて面番所にすべてを知られたくございませんでな」

「四郎兵衛、隠密廻り同心村崎季光を甘くみるでないぞ。なんならば上役に、いや、お奉行に話を通すこともできるわ。となれば、八代目四郎兵衛の馘首も大いに考えられような」

しばし間を置いた四郎兵衛が、

「馘首ですか、大いに結構ですな。裏同心神守幹次郎に戻れと言われますか」

「一人二役のどちらからも放逐じゃな」

「ほうほう、となれば吉原会所の役目を面番所が引き継がれますかな」

「余計なお世話である」

と村崎同心が言い放った。

するといきなり四郎兵衛の口調が変わった。

「村崎同心、この一件、忘れてくれぬか」

「な、なに、なんと言うた、四郎兵衛」

「四郎兵衛が申しているのではないわ。とは申せ、神守幹次郎でもなし、吉原会所の一人二役が命じておるわ」

「ど、どういうことだ」

村崎同心が戸惑ったか、狼狽の体で問うた。

「海賊の三島屋三左衛門と松坂町の半端者、鬼の五郎蔵一味が起こした先の大騒ぎ、三島屋を処断したのは神守幹次郎である。鬼の五郎蔵にも因果を含めて罪科を処しておるわ。だがな、この両人のもとで利欲に捉われ小金を稼ごうとした南町奉行所隠密廻り同心村崎季光は、未だなんの罰も受けておらぬ」

四郎兵衛がひと睨みした。

「そ、そのようなことは」

「村崎同心、そのほうに同じ言葉を返そうか。

吉原会所を甘くみるでないぞ。そのほうの起こした騒ぎの経緯、すべて克明に記し書付にして会所に残しておる。この書付を南町奉行所に『御恐れながら』と差し出したとしたら、生き証人の五郎蔵もおること、そなた、即刻、お縄になり小伝馬町の牢屋敷に放り込まれような。

村崎季光、囚人どもによって、牢屋敷に落ちてきた町奉行所の同心がどのような目に遭うか承知か」

「そ、それは」

「きりきり答えよ、村崎同心。四郎兵衛、近ごろ耳が遠いでな、面番所の中に響き渡るような声音で告げよ」

と四郎兵衛が命じた。

「お、恐れながらお願い申し上げます」

村崎同心の声音が反対に囁くような小声になった。

「聞こえぬな」

「申し上げます」

「なんだな、未だ言葉がよう聞こえぬ」

「最前、それがしが四郎兵衛様に申し上げたこと、冗談にございますれば、お、お忘れくだされ。お願い奉ります」

と上がり框から立ち上がり、頭を四郎兵衛の前に深々と下げた。

長い沈黙が面番所を支配した。

「どうしたものかのう」

四郎兵衛が両腕を組んで呟き、村崎同心の白髪が交じった髷を見下ろした。

隠密廻り同心の五体ががたがたと震えていた。頭の中には小伝馬町の牢屋敷に放り込まれた己の光景が映じているのだろう。

四郎兵衛がなにも言わず立ち上がった。

「それがしの所業を記した書付が真にございますので」

「村崎同心、町奉行所同心とも思えぬ問いじゃのう。どのような騒ぎにも調べ書きはある。面番所の都合のよいものの他に吉原会所の克明な調べ書きもな。そなた、南町奉行所隠密廻り同心村崎季光の評判、牢屋敷で格別に悪いと聞いておる」

「そ、そのようなことがありましょうか」

「牢屋敷の評判、この際じゃ、当人のそなたが一度体験してみよ」

「八代目頭取四郎兵衛様、そ、それればかりはお許しくだされ」

ふたたび面番所を重い沈黙が見舞った。

「よいか、村崎同心、そなたが吉原会所になしたこれまでの言動の数々、すべて克明に書付として残してあると思え」

「は、はあ、さようなことは」

「ないと申すか。それがあるのだ、村崎同心。あるかなしか試してみるか」

「ご冗談を申されますな」

「冗談かどうか試してみるかと言うておるのだ」

「わ、分かりましてございます」

「最初から素直になれ、よいか、村崎季光、見逃して遣わす」

「あ、有難き幸せ」

村崎同心ががくんと両膝を折って土間に座り込んだ。

その様子をちらりと見た四郎兵衛が面番所の戸を開き、待合ノ辻を見回した。

吉原会所の金次らが大門の前から面番所の様子を見守っていた。

「なんぞございましたかな」

四郎兵衛が平静な口調で問うた。

「いえ、昼見世の間はなにごともございませんでした、八代目」

「それはようございました」

と応じた四郎兵衛がそろそろ昼見世の終わる刻限かと仲之町にちらりと眼差しをやって吉原会所の表に立った。すると中から戸が引かれて澄乃が、

「お帰りなさいまし」

と迎えた。

「ただ今、戻りました。番方はおられますかな」

「はい、座敷控えの間で帳付けをしておられます」

「うむ、会いましょう」

と土間の奥に両目を瞑って横になる飼犬の遠助を見た。

「澄乃や、夏の疲れが未だ抜けませぬかな、遠助は」

「はい、さように思います。ゆえに本日は朝の散歩をしたあと、会所の中で休ませております」

「ならば、夜見世の見廻りの折り、連れていきましょうかな」

と言い残した四郎兵衛が頭取の御用部屋に向かった。

「ご苦労様でしたな」

と控えの間から現れた仙右衛門が、

「面番所は余計な御用でしたか」

「己が置かれた立場を忘れて、会所の金子のことをひどく突いてきますでな、先の騒ぎのツケを思い出させました。小伝馬町の牢屋敷の見学に参りませぬかと申し上げますと、村崎同心、震え上がっておりましてな、慰めるのに苦労しました」

との四郎兵衛の言葉に、

「あの御仁、いつまでも吉原会所と己の立場を理解しませんな」

と仙右衛門が応じて面番所でのふたりだけの対面の内容を察した。

「ところで弾左衛門屋敷での面談はどうでございましたな」

仙右衛門が本日の大事を思い出させた。

「番方、十五歳の弾左衛門様は実に爽やかな若者にして賢い主導者でございました。私め、遅まきながらもご挨拶できたことを溜の車善七どのに感謝しとうございます」

と前置きした四郎兵衛は、後見人佐七を含めた九代目弾左衛門との対面の子細を告げた。

だが、ひとつだけ四郎兵衛と弾左衛門の両人だけで交わした、

「約定」

は告げなかった。

それは弾左衛門の願いがどのようなものであれ、神守幹次郎は死を賭して助勢し、九代目弾左衛門も四郎兵衛の頼みなら、えた頭のもとに上がる情報はすべて伝えるという吉原や浅草弾左衛門役所の組織を超えた「約定」であったからだ。

このことを弾左衛門も後見人の佐七に告げないと確信していた。ゆえに腹心の番方仙右衛門にも告げることはなかったのだ。

報告を聞いた仙右衛門が沈思した。

長い熟慮（じゅくりょ）だった。

「四郎兵衛様、失礼は省みず念のためにお尋ねしてようございますか」

「番方、吉原会所の八代目頭取四郎兵衛とえた頭九代目との今後の付き合いについてですな。相手が陰の世界を司（つかさど）る長吏頭ということを決して忘れてはならぬということではありませんかな」

「いかにもさようです」

「番方の忠言（ちゅうげん）、四郎兵衛、肝に銘じました」

「四郎兵衛様、念押しさせてくだされ。このこと、公儀に知られてはなりませぬ。ただ今の公儀が弾左衛門様を潰（つぶ）すことはできますまい。されど吉原会所を潰し、吉原を公儀の都合のよいように改変することはできます。

弾左衛門役所と吉原は、決して対等ではございません。ゆえに弾左衛門屋敷と御免色里が親密な交際をなすような真似を公儀や世間に見せてはなりませぬ」

「番方、本日の面談をなしにせよと申しておられるか」

「四郎兵衛様は、番方のわっしに断わって弾左衛門屋敷に伺われたのです。本日は、九代目就任の祝意を述べに行かれました。今後は注意してのお付き合いがよかろうかと思いました」

「番方、後見人の佐七どのもこのことに触れられました。向後、弾左衛門様方との面談は、佐七どのと陰の人神守幹次郎の両人が、あちらでも吉原でもなく第三の場所で対面することになろうかと思います。番方、いかがですかな、このこと」

仙右衛門がふたたび沈思した。険しかった表情が和み、

「八代目、僭越なる言葉にございましたな。お許しください」

と言った。

「いえ、腹心の番方の忠言は千金の重みがございますでな」

と応じながら、一人二役の詐術に番方が惑わされたのではないか、四郎兵衛も幹次郎も仙右衛門に裏切りをなしたのではないか、との苦い想いを抱いた。と同時に、これが吉原会所の頭取、主導者の孤独の決断、御用の一部だと己に得心させた。

四

夜見世が始まる刻限前、神守幹次郎は澄乃と老犬遠助を伴い、夜廻りに出た。着流しの羽織の下、前帯に奥山の出刃打ち名人紫光太夫から伝授された小出刃が差されていた。

蜘蛛道に入ったとき、澄乃が、

「九代目は、山城祐善の『京之秋』、喜ばれましたか」

と訊いた。

「そなたに室町まで買いに行かせた甲斐があった。四郎兵衛様の前で三つ口にされたわ。よほど気に入ったようであったな」

「それはようございました。どのようなお方ですか。番方が気にしておられましたが」

「それがし、十五歳にしてあのような心遣いをされる御仁を知らぬ。先代の弾左衛門様に数度お目にかかり御用を務めさせてもらったが、あの先代にしてこの当代ありだ。よい跡継ぎを育てられたものだ」

と幹次郎は正直な気持ちを吐露した。

「とすると番方が気になさることとは何でございましょう」

「そのことか」

しばし無言で蜘蛛道を歩いていた幹次郎が、

「番方の気遣いは吉原会所の四郎兵衛様が九代目長吏頭と親密に付き合うことを公儀がどう考えられるか。そのことであろうな」

と言った。

夕餉のにおいといっしょにふたりを見張る「眼」を幹次郎も澄乃も感じた。が、それを口にすることはなかった。

「神守様、弾左衛門役所も吉原も公儀の支配下にございます。そのふたつが交遊するのには差し障りがございましょうか。番方は考え過ぎではございませぬか」

仙右衛門と違い廓育ちではない澄乃がそう言った。

「うーむ、公儀がたとえ弾左衛門様を潰そうと企てられてもただ今の公儀の力では潰せぬ。だが、吉原は、この場合、吉原会所と言うておこうか、公儀がその気になればひと溜まりもなかろう。ただ今の会所を潰しておいて官許の吉原を新たな形に作り替えられることを番方は気にかけておられる。廓生まれの番方にとって吉原会所は唯一無二のものだ。つまり吉原会所が公儀に睨まれることを気にしておられるようだ」

「弾左衛門役所と吉原会所が付き合うことを公儀が気になされますか」

「正直、それがしやそなたには分からぬ感覚でな、なんともいえぬな」

「では、こたびの対面を最後に、交遊はこれ以上続くことはございませんか。弾左衛門様配下の仕組みのことも当代の弾左衛門様も私はよく知りませぬが、あれだけの勢力のお頭との付き合いは貴重に思います」

「四郎兵衛様もそのことを惜しんでおられる。ゆえに弾左衛門様の後見人の佐七どのとそれがし、神守幹次郎が、弾左衛門屋敷でもなく吉原でもなく第三の場所にてお互いが必要と思うとき、会うことで番方には得心してもらった」

幹次郎の返答にほっとした様子の澄乃だった。

「この一件も陰ながら澄乃、そなたが関わりを持つことになるやもしれぬ」

「畏まりました」

と即答した澄乃が、

「四郎兵衛様は、弾左衛門様との交際でなにをお求めですか」

と質した。

澄乃は後見人佐七と陰の人神守幹次郎は、弾左衛門と四郎兵衛のそれぞれ代役と察していた。

「弾左衛門様が支配する関八州をはじめとした広大な地域に住むえた衆や非人衆が上げてくる情報を四郎兵衛様が望まれるとは思わぬか。公儀が光なれば弾左衛門様支配下の衆は闇の世界に住んでおられる。われら吉原会所が欲する情報は、公のものより闇のものが貴重と思わぬか。いや、正しく言えば光の公儀から下され、闇の弾左衛門様から齎されるふたつの情報の間に吉原会所が生き延びる道がある。これまで考えられなかったことじゃぞ」

しばらく沈黙していた澄乃がこくりと頷いた。

ふたりはいつの間にか天女池に来ていた。

遠助がお六地蔵の前に行き、ぺたりと座った。

仲之町の灯りが天女池に漏れてきて遠助の姿をわずかに浮かばせた。

清掻の調べが流れてきた。

ふたたび「眼」を感じた。

天女池にはいくつかの蜘蛛道が通じていた。揚屋町から天女池に繋がる蜘蛛道にひとつの人影が見えた。

羽織袴の二本差し、武家だった。

吉原の馴染客であっても、そう容易く入り込める場所ではなかった。

幹次郎と澄乃がいるお六地蔵へと小さな池の縁を回って人影は平然と姿を見せた。その影が五、六間（約九〜十一メートル）に迫ったとき、老犬の遠助も気づいたか、垂れた耳を立て起き上がろうとしたが、澄乃が、

「遠助、気にしないでいいわ」

と声をかけた。するとまたぺたりと腰を下ろした。

「どなたかな」

と幹次郎が武芸の心得があるらしい相手に声をかけた。

相手の手には半分ほど広げた白扇があって顔の半分を覆っていた。が、その白扇で顔を隠したとも思えなかった。

「官許の吉原にかような場所があるとは努々考えもしなかった」

と落ち着いた声が独白するように呟いた。

「吉原の住人にとって細やかな極楽と申すべき場でございましてな、客人が入ってよき所ではございませぬ」

幹次郎の言葉に辺りを見回した相手が、

「なんともよき場でないか」

「天女池と吉原の住人は呼んでおります」

「ほう、天女池のう。うってつけの名じゃのう、神守幹次郎」

「それがしの名を承知ですか。最前からなんとなく胡散臭い監視の眼は感じておりましたがそなた様でしたか。用件を聞かせてもらいますかな」

「とある方にそのほうの殺しを頼まれてのう。どのような人物か下調べしておる最中である」

殺す相手に向かってなんとも真っ正直な吐露であった。

「天女池まで入り込んできたのです、その頼みを実行なされますかな」

幹次郎も澄乃も対面した途端、相手から発される殺気が薄れているのを感じ取っていた。それでも澄乃は幹次郎から離れて立っていた。ふたりに同時に仕掛ける技を持っていることを用心したのだ。

「下調べの最中と申したぞ」

「慎重なお方ですな」

幹次郎の左手が小出刃に掛かっていた。相手からは見えないことを計算に入れてのことだ。利き腕ではないが暇の折り稽古を重ねて、左手でもほぼ同じ小出刃投げができるようになっていた。

「命はお互いひとつしかないでのう。きちんと下調べした末に実行に移すのがわがやり方でな」

「今宵はそれがし、生き永らえられますか」

幹次郎の問いに相手の顔の前にあった白扇が気配もなく飛んだ。

同時に幹次郎の左手が捻られ、小出刃が飛び、澄乃の腰に巻いた麻縄が滑って虚空を舞った。

薄い刃を埋め込んだ白扇と小出刃が絡み、そのふたつの飛び道具を麻縄の先端に付けられた鉄輪が叩き落とした。

「やはり下調べは大事じゃのう」

と相手が平静な声音で大胆なことを言い放った。

「お互い小技を披露しましたな。下調べは終わりましたかな」

「さあて、どうかのう」

「姓名の儀、お聞かせ願えますかな」

「北見八郎右衛門と名乗っておる。剣術はあれこれと独学でな、そなたのように薩摩流の剣法も眼志流の居合術も口にするほど学んでおらぬ。それでそなたの問いに答えたことになるかな」

「今ひとつだけ」

幹次郎の願いに相手はしばし間を置いた。そのことで幹次郎は相手が了解したと考え、

「家斉様御台所総用人西郷三郎次忠継なる御仁がそなた様の雇い主ですかな」

「神守幹次郎、雇い主の名を口にするのはわが稼業では禁忌でのう。知らぬな、と答えておこうか」

と応じた北見八郎右衛門を横目に澄乃が絡み合って落ちたふたつの飛び道具を拾うと、半ば開いた白扇をつぼめて、ひょいと北見に投げ返した。

片手で受け取った北見が、

「吉原会所の裏同心ふたり、容易き相手ではないな」

と言い残すと天女池から仲之町へと繋がる蜘蛛道のひとつへ迷いなく姿を消した。

澄乃が幹次郎に小出刃の柄を先にして差し出した。

「厄介な相手じゃのう」

「相手様の言葉をお返ししとうございますね。容易き相手ではございませぬ」

小出刃を受け取った幹次郎が、

「夜廻りを続けようか、遠助」

と声をかけると遠助がよろよろとお六地蔵の前から立ち上がった。

西河岸の開運稲荷に詣でたふたりの裏同心は京町一丁目の木戸口を潜った。

五丁町に客の姿は少なかった。

「四郎兵衛様のご苦労が偲ばれますね」

「なにやらそなたの口調だと、すでに吉原の改革はしくじりに終わったようではないか」

「そんな風に聞こえましたか。京一の人出を見てつい口をついて出ました」

「致し方ないな。吉原をとくと承知の素見連もこの寂しさでは籬の格子を覗くのを遠慮したくなるだろうでな」

とふたりは言い合った。

京町一丁目と仲之町の角にある大籬（大見世）三浦屋の張見世には、他の楼よりも客が集まって遊女らと吸い付け煙草のやりとりをしていた。

大籬の端っこに立った澄乃がそれを見ていると、張見世の多彩な遊女衆の中に破綻した揚屋町の総半籬（小見世）壱楽楼にいたおなみ改め、三浦屋の奈美の顔を認めた。

奈美も澄乃の姿に気づいていた。だが、格子に近づいてよいかどうか迷う奈美に姉さん女郎のひとりが、なにか囁いた。

奈美が笑みの顔で姉さん女郎に礼を述べて籬に身を寄せてきた。

澄乃は薄墨太夫が三浦屋の太夫を務めていたとき、三浦屋の遊女のひとりに扮して花魁道中に加わったこともあった。むろん警固方としてだ。ために三浦屋の遊女で吉原会所の女裏同心嶋村澄乃を知らぬ者はいない。

「すっかり三浦屋さんに慣れたわね、奈美さん」

「いえ、未だ慣れませぬ」

と言った奈美が、

「昼見世の終わったあと、初めて汀女先生の手習いに出ました。すると三浦屋の奈美と呼び出されました。私は三浦屋からなにか用事で使いが来たのかと汀女先生に断わって江戸町二丁目の茶屋の階下に下りると、見知らぬお武家様が立っていて、『そのほうが壱楽楼のおなみか』と質されました。私はびっくりしてなにも答えられませんでした」

澄乃が後ろにひっそりと控える幹次郎を振り返った。幹次郎も奈美の話を聞いていたと見えて、

「奈美、なんぞ不快なことを言われたか」

「いえ、私がなにも答えないでいると汀女先生が見えて、『そなた様はどなたですか』と質されますと、『いや、壱楽楼のおなみかどうか尋ねただけだ』と答えられて、さっさと茶屋から離れていかれました」

「奈美、武家と申したが羽織袴姿の形ではなかったか」

「はい。扇子で顔を隠しておられました。壱楽楼の関わりが未だ続いておりますか」

この一件では、切見世を何軒も購っていた壱楽楼の妓楼主、太吉と女将の千枝、それにおなみの最初の客だった朋吉、小女の勝代の四人が殺されて、壱楽楼は潰されていた。

「奈美さん、このこと、三浦屋の番頭さんか遣手のおかねさんに知らせた」

「いえ、習いごとが終わったら夜見世が直ぐに始まりましたから、話す暇はありませんでした」

「奈美、今後どこであろうと、かような呼び出しに応じてはならぬ、そしてなに

ごとも三浦屋の遣手に告げよ、よいな。本日はわれらが主どのにそなたの話を告げておくからな」

「お願い申します」

と丁寧な口調で応じた奈美が張見世の席に戻っていった。

幹次郎と澄乃は三浦屋の籬を離れた。

「汀女先生が気づかねば、奈美になんぞ起こったでしょうか」

「なんともいえぬ。西郷三郎次忠継の関心は奈美にも向かい得るということをつい失念しておった。それがし、三浦屋の四郎左衛門様と会うていこう」

「ならば、私は会所に戻り、北見八郎右衛門がすでに大門の外に出たかどうか調べます。楼内に残っているようなれば、会所に留め置きますか」

「ただ今の段階では北見某をどうすることもできまい。天女池で告げたことは戯事と言われれば、吉原会所はどうにも手の打ちようがあるまい。まずは三浦屋さんと話し合うて、なにをおいても奈美の身を護る手立てを講じねばな」

三浦屋の前で幹次郎と澄乃は二手に分かれることになった。

遠助を連れた澄乃が蜘蛛道へと急ぎ入っていくのを幹次郎は見送った。よたよたとした歩きしかできない遠助を抱えて澄乃は蜘蛛道を走る心算か。

　一方、三浦屋の九代目四郎左衛門は直ぐに会ってくれた。

「奈美の一件ではございませんか」

「おや、すでにご存じでしたか」

「汀女先生が話していかれました。こたびは汀女先生の気遣いに助けられました」

「われら、ばたばたして奈美のことをいささか放念しておりました。四郎左衛門様、申し訳ございませんでした」

「壱楽楼の主夫婦が川向こうの別邸で殺された一件は終わっていませんでしたか。この者、新たな刺客ですかな」

「われら、つい最前、天女池で出会っております。当人は北見八郎右衛門と名乗っておりますが、偽の名やもしれませぬ」

　と前置きした幹次郎は、初対面の出会いを手短に四郎左衛門に語った。

「なんと、女裏同心の澄乃さんを交えて一戦が行われましたか」

「いえ、一戦というほど相手も本気ではございませんでした。過日、天女池で戦った矢萩乗邑よりも数段手強い相手かと思います」

「神守様、うちでも気をつけますでな」

と代替わりしたばかりの九代目の三浦屋四郎左衛門が言い切った。

「ところで四郎兵衛様は親父と会われたそうな」

と四郎左衛門が話柄を転じた。

「いささか諸々が重なりまして根岸村の隠居様に報告すべきことが後先になり、四郎兵衛はご注意を受けたそうです」

やはり、と九代目が困惑の体で応じて、

「親父、隠居をしたと称しておりますが、こちらの商いばかりか吉原会所の動きや五丁町の名主らの言動を気にしているようで、大変困惑しております。神守様、四郎兵衛様に、根岸村の隠居とは距離を置かれるように告げてくれませぬか」

と当代の三浦屋の四郎左衛門が言い添えた。

「九代目、有難いご忠言、感謝申し上げます」

「おや、その言葉は四郎兵衛様のお言葉ですか」

「おお、うっかりとしておりました。未だ一人二役を使い分けられない者が、根岸村のご隠居の言動をあれこれ言えた義理ではありませんな」

と苦笑いする幹次郎に険しい表情の四郎左衛門が、

「いえ、一人二役の御両人は、どちらも現役にございます。親父は自らの意志で隠居を決めたのです。そんな立場の者がただ今の吉原のあちらこちらに首を突っ込む真似は決して許されません」

と言い切った。

幹次郎は、三浦屋の跡継ぎは盤石だと改めて考えた。

「それから、こちらは親父の情報ではございませんでな、念のためお断わりしておきます」

「なんでございましょうな。まさか吉原会所の銭箱に四百両足らずの金子しかなかったという話ではございますまいな」

と幹次郎が推量で応じた。

「それも驚きましたが、四郎兵衛様がそのことを知った数日後には巨額の金子を吉原会所に入れられたとか。どうすればさような手妻ができましょうな」

「柘榴の家の主にさような手妻が使えるとも思いませんな。ともあれ、九代目、こればかりは四郎兵衛しか返答ができませんぞ」

「いえ、四郎兵衛様と神守幹次郎様の一人二役を巧妙に使いこなしての金策とみました。お見事でございます」

と褒めてくれた。

幹次郎はなんとなくだが、三浦屋の当代は神守幹次郎が後見の札差筆頭行司伊勢亀から借財したと考えているようだと思った。その推論はそのままにしておくことにした。

第二章　猫またぎ

一

次の日の朝餉（あさげ）の刻限、神守幹次郎は柘榴の家に戻った。柘榴の家からおあきが使いに来て幹次郎の帰宅を番方仙右衛門に願ったという。

そのとき、幹次郎は天女池で独り稽古をしていておあきに会っていない。

（なんぞ騒ぎが起こったか）

気にしての帰宅だった。だが、出迎えたのは柘榴の家に居付（いつ）きの猫の黒介（くろすけ）と飼犬の地蔵（じぞう）の二匹で、飛び石伝（づた）いの引き込み道で大騒ぎして幹次郎を迎えてくれた。どうやら急用ではないらしい。

「おお、そなたら、主の帰宅に気づいたか」

と声をかけるとおあきが表戸を開いてくれた。

「お帰りなさい」

母屋(おもや)では麻が出迎えて幹次郎の大小を受け取ってくれた。

「幹どのは猫またぎという言葉をご存じですか」

「うむ。猫またぎな、知らぬな」

「近ごろ、黒介ったら贅沢(ぜいたく)なのです」

「ほう、黒介が贅沢とはどういうことか」

「出入りの魚屋が届けてきた魚に見向きもしないことがございます。その折りの魚は決して美味しくございません。猫がその魚を前にしてどう振る舞うか、猫もまたぐ魚であればよい魚でないと分かります。つまり猫またぎにて魚の良しあしを見分けます」

「ほうほう、黒介は食通ではないか」

「はい、柘榴の家いちばんの食通は黒介です。猫またぎの言葉と意味、姉上に教えられました」

「姉様は物知りゆえな。黒介がまたぐ魚はいかんか」

「はい、出入りの魚屋は私どもの顔より黒介の動きを見ております」

「黒介、やりおるのう」

と応じると、

「幹どの、猫またぎの講釈はこのくらいにして、まずは朝湯に入られませんか」

「なに、朝湯が立っておるのか」

「澄乃さんが幹どのの帰宅を前もって知らせてくれました」

「なに、澄乃がのう。うちは黒介だけではのうて全員がなかなか贅沢ではないか」

と幹次郎は湯殿に向かった。

台所の囲炉裏の前には柘榴の家の全員の膳が出ていた。そして、汀女の他に澄乃が残っていた。

「うむ」

「まずは幹どの、朝湯にてさっぱりなさいませ」

といまや柘榴の家の主人は汀女のようで麻の言葉を繰り返した。なかなかの貫禄であった。

「なにが起こったか。うちでは猫またぎの菜は供されまい」

「おや、早猫またぎを麻から聞かされましたか。御用は澄乃さんからお聞きなされ。私どもは曰くを知っておりません」

やはり柘榴の家からの不意の呼び出しの仕掛け人はどうやら澄乃と思えた。

「さようか」

と湯殿に移ると澄乃が従ってきた。

「朝の間、五十間道に遠助を伴い、散歩に出ました。浅草田圃で遠助がウンコをしていますと、見ず知らずの若い衆が、

『吉原会所の澄乃さんですね。神守幹次郎様に本日昼前に柘榴の家でお待ちくださいませぬかとお伝えくだされ』

と申されて、朝靄の中へ溶け込むように消えていかれました」

「ほう、遠助の朝の散歩に浅草田圃に出かけることがあるか」

幹次郎はまずこのことに関心を示した。使いの相手はすでに察していた。

「はい、四郎兵衛様がお買い求めになったというあみがさ屋の一件を聞いて以来、朝の散策に遠助を連れて浅草田圃に出かけます」

脱衣場に入った幹次郎は衣服を脱ぎながら、

「そなたを待ち受けていた若い衆は、弾左衛門様の使いであろうな」

「なにも告げられませんでしたが私もそう考えました。それでその足で柘榴の家

に立ち寄り、呼び出しの手配をなしました」

と経緯を説明した。

弾左衛門屋敷では吉原会所への出入りを知られたくなかったのだろう。

「相分かった」

と答えた幹次郎は新湯に入り、しばし無言で湯を楽しんだ。

四半刻も浸かっていたであろうか、幹次郎は湯から上がった。

囲炉裏には火が入っていなかったが、柘榴の家の女衆四人が顔を揃えていた。

「こうして皆で朝餉を食するなど久しぶりではないか」

「はい、しばしばとは申しませんが、ときに私どもと一緒に食してくださいまし。されど幹どのは常になにごとか思案して、覚えておられますまい。本日はどなた様かのご厚意でかような朝餉の席を持つことができました」

と汀女が幹次郎に言い、

「姉上、このところ柘榴の家の女衆は放っておかれてばかりですね」

「麻、一人二役の旦那様は二倍と言いとうございますが、なんとも多忙な日々を過ごしておられます。正直、私もかように忙しいとは思いもしませんでした」

「姉様、麻、それがしとて戸惑っておるわ」

「幹どの、染五郎棟梁から使いが見えて本日の八つ時分に浅草田圃でお会いしたいそうです」

「ほうほう、棟梁も柘榴の家を連絡の場所に使うておられるか。一人二役、なかなか多忙じゃな」

と応じた幹次郎は棟梁も吉原会所を敬遠しておるかと思った。

「新たな知り合いができそうな」

「姉様、長吏頭どのというて分かるかな」

「料理茶屋山口巴屋には多彩なお客様が参られます。代々の弾左衛門様はお見えになったことはございませんが、後見人や手代衆は、お店の番頭さんの形でお見えになります。本日の昼間も予約が灯心問屋の主彦左衛門様の名で入っております」

「そのお方の相手はそれがしか」

「はい」

つまり柘榴の家に戻って本日の集いの場が分かったことになる。

「当代の弾左衛門様は十五歳ながら、なかなかの人物でな。あれほどの巨きな組織を、それも公儀に常に厳しい眼を向けられている集団を率いておられる。それがしの十五のころには夢にも考えられなかったぞ、それを堂々と淡々とこなしておられる」

「吉原会所と弾左衛門様の付き合いが始まりますか、幹どの」

「四郎兵衛様の本心は分からぬと言うておこう。だが、神守幹次郎と佐七どのらとの交流は今日をはじめに向後始まり、お互い助勢し合うことになろうなと思う」

幹次郎が四郎兵衛の胸中を察するふりをして言った。

「その最初の会合の場が料理茶屋の山口巴屋でしたか。幹どのが外部の方からのお招きで招客として並木町の茶屋に上がるのは初めてでしょうね」

「先代四郎兵衛様のころは、こちらが山口巴屋に呼ばれる身分ではなかったからな。だが、佐七さんとの初めての対面は並木町じゃが、次からは吉原とは関わりのない別の場所でお会いすることになろう」

「弾左衛門屋敷にしばしば幹どのが訪ねることも佐七さんがたが大門を潜って四郎兵衛様に会うことも叶いますまいな」

「廓生まれの番方は、なにより吉原会所が大事なお方ゆえ、さような真似を快く思うておられまい。ただし番方の主が四郎兵衛様である以上、そのことを表立って口になさることはない」

と幹次郎が厄介な話をしたところでこの話柄に蓋をした。

猫またぎどころか猫好みの旬の秋鯖の焼き物の朝餉を食すると澄乃は早々に吉原に戻っていき、幹次郎は柘榴の家にて何通か文を認め、汀女といっしょに佐七と会うために柘榴の家を出たのは、四つの刻限であった。

その道中、

「幹どの、弾左衛門様とのお付き合い、神守幹次郎にとっても吉原会所の八代目頭取にとっても新たなる展開と申しますか、力になりましょう」

と言って汀女が念押しし、いったん言葉を切った。

幹次郎は、柘榴の家にて最前途中で閉ざした話柄のことを汀女が気にしていたと察していた。が、黙って汀女の言葉を待った。

「すべて幹どのは呑み込んでおられますね。されどとくとお考えくだされ。いえ、弾左衛門様との付き合いをやめよなどと大それたことは申しません。幹どのも四郎兵衛様も吉原会所の番方や小頭と異なり、よそ者にございますでな、くれぐれも注意の上に注意をして交際を重ねてくだされ」

「姉様、重々承知しておるつもりじゃが、正直仙右衛門どのの危惧の大きさはわれら夫婦が考えた以上のものであったわ。
仙右衛門どのは、あみがさ屋の購入の一件といい、こたびの弾左衛門様との付き合いといい、決して吉原会所にとって為(ため)にはならぬと考えておられるような気がしてな。むろん、新米の四郎兵衛様は常に先代ならばどう番方らに告げ、行動を起こすか熟慮しておられるつもりだが、一人二役のなり立ての四郎兵衛様がさように気をつけて言動をなしたとしても、仙右衛門どのに信頼してもらえておらぬのが分かるのだ」

幹次郎の言葉に汀女は頷き、

「幹どの、私どもは先代の四郎兵衛様や娘御(むすめご)の玉藻様には生涯なれませぬ。私は、一人二役に危険な面と利するべき面とがあると思うています。

幹どの、一人二役の欠点利点をとことん冷静に思案して使い分けることです。いつも申すように自在に一人二役をこなすまでには十年もの歳月がかかりましょう。ですが、四郎兵衛様と幹どのが進むべき道は、この険しい一本の道しかございませぬ」

「姉様、それがし、承知しておるつもりだ。だが、元吉原から浅草に移転して以来の吉原の改革はあちらに気を遣い、こちらに気を遣って成し遂(と)げられるものではない。百年とは申さぬ、十年後におお、八代目四郎兵衛の改革はかようなものであったかと、吉原の妓楼や茶屋の主を得心させるには、独断専行（どくだんせんこう）も致し方ないと思うておる。いや、それしかできぬ」

「ならば右顧左眄（うこさべん）することなく己の進むべき道を淡々と辿（たど）りなされ。失態の折りは、すべてを吉原に残して私ども三人、柘榴の家を出ればよきことです」

と年上の女房が言い切った。

「おい、幹やん、本日も姉様の警固方で茶屋に来たか」

幼馴染（おさななじみ）の甚吉（じんきち）がふたりに声をかけてきた。

「まあ、そんなところじゃな」

汀女は甚吉に会釈してさっさと仕事場である料理茶屋の裏口に向かった。それを見送りながら甚吉が、

「吉原会所の裏同心にしてはなかなか小洒落（こじゃれ）た着物ではないか、姉様も無理をしたな。血で汚れては元も子もないぞ」

と言い放った。

「白昼、それがしの正体を浅草じゅうに告げることはあるまい。いささか用事が控えておるのだ」

「それだ、幹やん。四郎兵衛様と神守幹次郎、一人二役の交替を間違えるとえらい失態を犯すぞ」

「そなたにまで言われるか」

「おお、だれぞに忠告されたか。吉原会所に銭がないとこの界隈でも評判じゃぞ、さような貧乏会所で頭分が小さなしくじりでも犯すと、御免色里と調子に乗っていた吉原はころりと転ぶことになる」

「甚吉の忠言、とくと聞きおく」

と言い残した幹次郎は、料理茶屋山口巴屋に表口から上がった。それを見た甚吉が、

「幹やん、裏口に回れ裏口に回れ」

と叫んだが幹次郎はすでに二階座敷への階段を上がっていた。

「幹やんめ、少しは世間の常識を承知かと思うたらこれだ。履物を裏口に回して怒鳴りつけてやろう」

との独り言を駕籠から下りた粋な風采の大店の主風の客が聞いたか、

「ああ、これこれ」

と呼びかけた。

「あちらのお方は私の招客でござってな、履物を裏に回す要はありませんぞ」

「えっ、そなた様、人間違いではございませんか。あの者は吉原会所の」

「裏同心神守幹次郎様」

「えっ、そいつを承知のそなた様はだれだね」

と甚吉が客に質した。

「甚吉さん、そちらのお客人は灯心問屋の大旦那彦左衛門様ですよ。そなたは庭掃除をなされ」

と汀女の命が飛んで、

「あのな、姉様」

「甚吉さん、私の申すことがお分かりになりませぬか」

と険しい顔で言われた甚吉が箒（ほうき）を手に、

「お客人よ、幹やんを山口巴屋に招いて、剣術話か」

「甚吉さん、まあ、そんなところです」

と九代目弾左衛門の後見人佐七にして灯心問屋の主彦左衛門を汀女が丁重（ていちょう）に迎えた。

「うちの奉公人が失礼を申しました。在所育ちゆえ未だ言葉遣いが直りません」

「汀女先生、幹どのと姉様ご夫婦して幼馴染の甚吉さんを上手に使っておられますな。感心しました」

と佐七が言った。


二階座敷で神守幹次郎と浅草弾左衛門の後見人佐七は、ふたりだけで対面した。

「豊後国岡藩の長屋育ちの三人、羨ましい間柄ですな」

とここでも佐七が三人を話柄にした。

「佐七どのはわれらのことをすべて承知ですね。下士や中間小者が住む長屋で育った三人、身内のように育ちました。汀女とそれがしが岡藩を脱藩して妻仇討として逃げ惑った十年ののち、吉原会所に拾われてわれらは人並みの暮らしを取り戻しました。かような説明は佐七様には無用のようですね」

幹次郎の言葉に頷いた佐七が、

「やはり四郎兵衛様より神守幹次郎様のほうが、親しみが湧きまする」

と言って懐から書付を取り出すと、

「例の人物、西郷三郎次忠継は仮名でしてな、家斉様正室近衛寔子様の実母の家系、市田氏の縁戚、市田常一郎が本名でございますよ。この書付に西郷三郎次忠継こと市田常一郎の来し方および、ただ今の身分をそれなりに調べた上で記してございます」

と差し出した。

分厚い書付には見事な筆跡でそれらが詳しく認められていた。

市田常一郎に関わる部分だけを原本から急いで筆写した気配がまだ乾き切っていない筆跡から感じ取れた。

「有難く拝受し、拝読させてもらいます」

と言った幹次郎が、

「佐七どの、弾左衛門屋敷はこの市田常一郎となんぞ関わりがございましょうか」

「神守様、詳しくは申し上げられませんが、それで宜しゅうございますか」

「むろんです」

「九代目浅草弾左衛門こと矢野弾左衛門集林は、本年四月六日に長吏頭、公儀がえた頭と呼ぶ地位に就きましたな。先代の弾左衛門集益は、二年前に身罷っております。つまり九代目の長吏頭就任まで二年ほどの空白がございます。八代目の死が市田常一郎と関わりがあると考えてくだされ。ゆえに二年の間、弾左衛門様は公儀から長吏頭に就くことを認められませんでした。

ここで重ねて申し述べておきますが、九代目の弾左衛門集林に関わっての空白ではございません。西郷三郎次忠継一派が公儀に八代目の死について讒言をなし、私どもは長吏頭をいただくことができなかった。刀も槍も持つことを許されておらぬわれらの仲間が二年の間に次々に西郷一味に惨殺されました。九代目が認められるこの四月まで多数の犠牲があったのです」

「西郷三郎次一味が浅草弾左衛門役所を仇となした曰くが八代目の死にあるとしても、二年ぶりに公儀が九代目弾左衛門集林様の襲名を許したのは、なぜでございましょうか」

「金子です、莫大な金子をうちは公儀に支払いました。むろんその一部は西郷三郎次一味の手に渡っていましょう。私どもが相手の要求する金子を集めて支払って解決するのに二年を要したということです。なぜならば、西郷一味は当初、私どもに許された皮革の品々、ならびに灯心の商いを渡せと要求してきたからです。これは私どもの存在そのものです、それを取り上げようとした、できかねます」

と佐七が言い切った。

「なんと、強引極まる所業ですね」

「いかにもさよう。ただ今西郷一味が官許の吉原に目をつけたとしたら、吉原を渡すか、莫大な金子を支払うか、ふたつにひとつを選ばざるを得ない要求を突きつけてきましょう。つまり弾左衛門屋敷の次に西郷一味が狙いを定めるとしたら、御免色里しかありませんでな」

幹次郎は手にした書付に視線を落とした。

「神守様、そこに筆記された罪状の数々は真実ですと、徹宵して筆記した私が言い切ります。惨殺された者たちはすべて私の知り合い、仲間です。虚言を弄することは神仏に誓ってありません。ただし」

と佐七はいったん言葉を切った。

幹次郎は無言で待った。

「八代目弾左衛門集益と西郷三郎次との葛藤は書付には一切書いてございません。記しましたのは、西郷一派のそれ以外の所業です」

しばし瞑目した幹次郎はこの書付をまず仙右衛門に読んでもらおうと考えた。

「佐七どの、西郷三郎次忠継の力は、公儀の中でそれほど大きゅうございますか」

「私どもの仲間が士農工商のほかの身分に虐げられ、そのような中から稼ぎ貯めた巨額の金子を強奪されたのです。その半分が公儀の然るべき地位の者たちに賂として配られたとしたら、西郷某の悪辣な所業など見逃しにされましょう。よいですか。吉原にいま、その企みが降りかかってこようとしているのです」

「それを避ける手立てはなんでございましょう」

「私どもは武器としての刃物も槍も公には所持できぬのです。吉原とて神守幹次郎様、ご一人が戦士と決めつけてようございますかな」

佐七の詰問に幹次郎は思わず、

「ふうっ」

と大きな息を吐いた。

「こやつ、西郷三郎次忠継は猫またぎ、食えない下魚です」

と佐七が言い切った。

「猫またぎ、食えない下魚とはどういうことですか」

「猫もまたぐほど不味い下魚のことです、つまり魚を人にたとえて猫またぎほどのひどい人物と評しませんか」

「ほう、それがし、つい最近身内のひとりから聞かされたばかり。猫またぎな、よかろう、この書付の代償は、佐七どの、猫またぎの下魚の一命でお支払いするというのはいかがでございましょう」

「そなた様、神守幹次郎どの一人で始末される」

「いかにもさよう」

佐七が長い間沈思し、こくりと頷いた。

「なんぞ条件がございますか」

「西郷の死をもたらしたのが弾左衛門様であるという疑いが公儀から降りかからぬならば、他にはございませぬ」

「承知仕りました」

「神守様のほうになんぞ注文はございませぬか」

佐七が質した。

「この書付をまず番方ひとりに精読(せいどく)させます。数日日にちを貸してくだされ」

「承知しました。この次の私どもの面会の場は神守様のほうでお決めくだされ」

神守幹次郎と佐七の初めての面談は終わった。

二

菅笠（すげがさ）を被（かぶ）り、大小を差した神守幹次郎の姿のまま、浅草田圃に出向いた。するとすでに染五郎棟梁がいた。棟梁は、小川越しにいまや吉原会所の持物、元あみがさ屋一族の所有地と建物を凝視（ぎょうし）していた。

「お待たせ申しましたかな」

その背に声をかけると、

「おお、日本堤から参られましたか、神守様」

と振り返った棟梁が応じた。

言葉と最後の名の間に微妙な空白があった。

「それがし、並木町の料理茶屋山口巴屋にて用事がありましてな、本日は四郎兵衛の姿ではございません」

と幹次郎が断わった。

「いえね、わっしらも神守様であろうが四郎兵衛様であろうが同一人物であると慣れんといけませんな。つい本日は四郎兵衛様と会うという考えが頭にあるのでしょう。神守様の姿に少々戸惑っていました」

「いちばん慣れぬのは当人です。棟梁、もはやわれらの間柄です。どのような形であれ、一人二役のどちらかと思い、お付き合いくだされ」

と幹次郎が願うと、

「そのほうが自然ですな」

と染五郎が首肯した。

浅草田圃に長閑な日差しが落ちて微風がふたりの頬をなぶっていった。

染五郎と幹次郎の両人は浅草田圃の畦道に並んで立ち、あみがさ屋の敷地と離れ屋をしばらく眺めていた。

「神守様、過日、あみがさ屋の建物と土地四百七十五坪の絵図面についてはお見せしましたが、浅草田圃の使い道はまだ決まっていませんでした。『見番の普請の前から浅草田圃のほうも、使い道の絵図面を引きませんか』とわっしから四郎兵衛様に願いましたな」

「いかにもさよう、と聞いております」

「そのことでおふたりにお詫びせねばなりません」

「どうされました」

「へえ、小川の流れを挟んでふたつの土地、合体した絵図面をと日夜考えましたがな、わっしの勘が狂っておったか、なかなかこの浅草田圃の使い道が浮かびませんでな。神守様、いやさ、四郎兵衛様、五十間道の浅草見番の普請からまず始めてはなりませぬか。普請の間に『おお、浅草田圃はこう使おうか』という思案が浮かぶような気がしましてな」

「ほうほう、染五郎棟梁としたことが迷いが生じましたか」

「へえ、三日ほど貴重な日にちを無駄にしましたがな、そのぶん、見番の普請の進め方がはっきりしました。すでにあみがさ屋の母屋の建物の中に明日からの作業工程で使う建材は持ち込んでございます。神守様、ご覧になってくれませんか」

「ほう、今朝方、五十間道を通りましたがさような気配はありませんでしたな。そのあと、あれこれと持ち込まれましたか」

「いえね、あれだけの敷地の大普請です。日本堤から衣紋坂を下って五十間道、大門と辿る花の吉原の大路（おおじ）を普請の物音で騒がすのは無粋（ぶすい）、避けるべきと考え、すべて普請の資材、大勢の大工や人足の出入りにはこの浅草田圃を利用することにしました。このこと、四郎兵衛様に神守様、お断わりしてくれませんか」

と染五郎棟梁が言った。

「子細承知しました」

と即答した幹次郎が、

「普請場では四郎兵衛様がおらんでも神守幹次郎が決断するということで今後はいかがでしょう。われらのこの大仕事、限られた月日との戦いですからな」

「有難い」

と染五郎もまた幹次郎に応じた。

「それにしても敷地四百七十五坪の吉原見番の普請です。出入り以外にも、五十間道を騒がせる真似はできるだけ避けたいですな」

「はい、そこで神守様、まずは表を見てくれませんか」

と棟梁が幹次郎に願った。

頷いた幹次郎は、

（やはり四郎兵衛の形で来るべきだったか）

と一瞬思ったが、そのことをもはや口にしてはならぬと己に命じた。

離れ屋の裏口から敷地に入り、鉤（かぎ）の手に曲がった敷地を五十間道のほうに向かうと、間口九間半に高さ三丈（約九メートル）はありそうな柱が五本すでに立てられて、高柱の間に桁が何本も横に渡してあった。また、柱の間に帆布と思しき古布と萱筵二重の囲いが五十間道に面して張り終えてあった。そして、何人もの大工と人足たちが次なる仕事に無言で取りかかっていた。

「驚きましたな。元あみがさ屋のお店と住まいを五十間道から隠されましたか」

「はい、最前も申しましたが、われらの出入りも普請の資材の運び込みもすべて浅草田圃を利用します」

「染五郎棟梁、三日間、無駄にされたと申されたが、大事な本普請の算段をなさっておられたのです。思案がここに実っていますぞ」

と幹次郎が感嘆した。

「四郎兵衛様も時折り、浅草田圃を覗きに来られていたようですが、まずは一歩踏み出しました」

染五郎は四郎兵衛が浅草田圃を見に来たことを承知していた。

「ともあれ四郎兵衛様は多忙な身、神守様が暇を見つけて見物に来てくだされ」

「棟梁、明日からの楽しみが生じました」

と幹次郎が言い、内側に帆布、外側に萱筵を設けた一角につけられた狭い出口から五十間道に出た。

すると飛脚屋の前になんと面番所隠密廻り同心村崎季光が立って飛脚屋あがり屋の番頭川蔵と帆布と萱筵で隠された元あみがさ屋を見ていた。

「おや、村崎どのが五十間道に出てこられるとは珍しゅうございますな」

「うむ、裏同心がかようなところに出没致すか」

と嫌な顔をした。

まさか帆布と萱筵の向こうから幹次郎が姿を見せるとは村崎は考えもしなかったのか。

昨日、村崎季光と幹次郎の両人は激しい口論を交わしていた。

まず四百両足らずの金子しかない吉原会所がどのような手妻を使い、五十間道の外茶屋あみがさ屋を購ったか、村崎が強い口調で執拗に詰ったことがあった。むろんこの取引に絡んで、なにがしか金子を得ようとしてのことだ。

その折り、海賊の三島屋三左衛門の騒ぎに際して、その「手先」を務めていた村崎同心の所業をはじめ、これまでの行いの数々をすべて書付として会所に残している、さような書付を南町奉行所に届けるがよいか、と神守幹次郎が反対に詰問したのだ。

そのとき以来、村崎同心は幹次郎とも四郎兵衛とも、できるだけ顔を合わせないようにしてきた。

「村崎同心どのはすでにあみがさ屋の持物を吉原会所が譲り受けたことは承知でしたな。それがし、四郎兵衛様の命で、普請の具合を見に参ったのです。なにしろ吉原の大門へ通じる五十間道に普請場の物音が喧しく響いて、遊客がたに不快な思いをさせてもなりませんからな」

と幹次郎が言い訳した。

「神守様、噂に吉原会所では吉原見番を廓内からこちら五十間道に移すと聞きましたが、さようですか」

とこんどは番頭の川蔵が幹次郎に問うた。

「なに、見番が五十間道に引っ越してくるか。小吉は、火の見番の番太だった男だぞ。さような者が五百坪近い、あのような土地を購うことができるものか」

と村崎同心が問答に加わった。

金儲けとなればどのような場合にも口出しするのが村崎同心だった。こたびもなんぞ魂胆があるのだろう。

「村崎どの、前の土地四百七十五坪とお店と住まいを購ったのはあくまで吉原会所でござる。小吉親方は吉原会所から借りるのです」

「それにしても五百坪も見番に要るのか。八丁堀のわが家の敷地は百坪あるかなしか、その半分をやぶ医者阮丹に貸して、さらに残りの半分は茄子など野菜畑に女どもが使っておるわ。小吉はいくら払うのだ」

「村崎同心、五百坪ではありません、四百七十五坪です。これまでの吉原見番ならばさような広さは要りますまい。京の花街と官許の吉原が今後交流する拠点にございますでな。東西の芸の交流とあれこれの催しのためにこの広さを四郎兵衛様は求められたのでござる」

「神守様、そのことです。京の花街と吉原が交流して得がありますかな」

と飛脚屋の番頭川蔵が質した。

「おお、それそれ、そのことだ。こやつ、いやさ、四郎兵衛はよからぬことを企んでおるのではないか」

と村崎同心が言い募った。

「よからぬこととはどのようなことでございますかな」

「おお、新たに見番を設けるだけで五十間道の四百七十何坪も要るまい。吉原会所は、見番と称して廓外に妓楼を設けるつもりではないか」

「はあっ」

と川蔵が嘆息して、

「呆れた」

という顔で村崎同心を見た。

「いやさ、ただ今の吉原会所ならばどのようなこともなそうぞ」

「村崎どの、吉原は唯一の官許の遊里、そなた様がた、面番所は吉原会所が五十間道に妓楼を設けるのを見逃しますかな」

と幹次郎が抗った。

「さようなことを断じて許さぬ」

「ならば差し障りございませんな。それより村崎様の八丁堀の屋敷の敷地の半分は医者に貸して店賃収入ですか。そなた様にはあちらこちらから実入りがございますな、ちなみにお城近くの八丁堀付近では土地の貸し賃はいくらでしょうかな。この浅草裏の五十間道とはだいぶ違いましょう」

飛脚屋の番頭が村崎同心の無駄話を止めようと話柄を八丁堀に振った。

「それだ、わしの婆様が阮丹さんに貸したでな、わしは借地料がいくらか知らされておらん。うちでは女どもの手に渡った銭がどれほどか教えてもらえぬのよ」

と村崎同心の愚痴が口から漏れた。

「村崎どの、借地料の実入り、なによりでございますな。わが家にはさような収入はございません。それがし、これにて失礼します」

幹次郎は村崎同心の相手を飛脚屋の番頭に任せて大門へと足を向けた。

「ま、待て。話が途中だぞ。五十間道に新たに建てる見番に小吉らを住まわせて、いくらの実入りが会所にあるのだ」

と村崎同心が食らいついてきた。

「村崎どの、見番からいくら上がりがあるか、裏同心風情の神守幹次郎は存じませぬ。かようなことは四郎兵衛様のお役目でござってな」

「そこだ。そなたら、四郎兵衛と裏同心の神守幹次郎は同一人物ではないか。ならば四郎兵衛の役目を当然裏同心が承知していて不思議はなかろう」

その言葉を聞いた幹次郎は足を止めて村崎同心をきいっと見た。

「な、なんだ」

「村崎どの、八代目頭取四郎兵衛と裏同心が一人二役は町奉行所も了解されたことですぞ。ゆえにわれら、一人二役が混同して曖昧にならぬように務めております。それを村崎同心どのは、さようなことを申されますか」

「うむ、それはそれ、これはこれだ」

と村崎同心がわけの分からぬ返事をした。

ふたたび大門へと歩みかけた幹次郎は村崎の執拗な疑問を忘れさせようと、

「村崎同心どの、そなた、吉原に客として出入りする幕閣の方々の素性をすべて摑んでおられますか」

「城の連中か、あの輩はわしら町奉行所の役人になど洟も引っかけんわ。できるだけ近づかんようにしておる」

と言った村崎が、

「とは申せ、吉原会所を支配しておるのはわれら面番所ゆえ承知せねばならぬことは摑んでおるぞ。わしの頭からなんぞ引き出そうと思うたら、それなりの金子をな」

「出せと白昼の大門前で申されますか」

「さようなことを聞いて聞かぬふりをするのが裏同心の得意技であろうが。で、相手は何者だ」

「偽の名かどうか、姓名の儀は摑んでおります。西郷三郎次忠継といわれましてな、城中のお偉方に間違いございません。じゃが、この御仁が吉原のだれと繫がっておるかはっきりとしませんでな」

「神守、知ってどうする」

と村崎同心の声音が最前と同じく高くなった。この一件でいくらか実入りがあるかどうか考えている風情だった。

「幕閣のお方ならばこの吉原に堂々と出入りしてもようございますな。それが最前も申しましたが、どこの引手茶屋と馴染か、どの大籬に出入りしているか一切分かりませんでな」

「ふーん、胡散臭い動きというか。神守、わしが調べてもよいが調べには当然」

「金子が絡みますか」

「むろんじゃ、それでよければ面番所の手づるを探ってみるぞ」

と村崎同心がゆっくりと歩を進める幹次郎の袖を摑んだ。

両人は大門の前に近づいた。そろそろ昼見世が終わるころで、大門には金次らが見張りに立っていた。

幹次郎は村崎に摑まれた袖をそっと払った。

「もし西郷某の吉原での付き合いが判明したら、四郎兵衛様もなにがしか調べ代は考えましょうな。ただし」

「ただし、なんだ」

「この御仁の周りには、怪しげな者が数多控えておりますでな、十分に気をつけてくだされ」

「裏同心神守幹次郎ほどの腕はないがこの村崎季光もそれなりの腕前じゃぞ、案ずるな」

「村崎様、この西郷なる人物と付き合いがあった者四人、われらが知るだけで殺されておりまする。決して油断してはなりませぬ」

「なに、すでに四人も殺されたか。まさか廓内ではあるまいな」

「廓内においてではありません。されどこの者の支配下の連中の仕業であるのは間違いない」

「廓の外での殺しか。まさか隠密廻り同心に刃を向ける連中ではあるまいな」

村崎同心の声音は不安に見舞われ、明らかに平静を失っていた。

「まあ、無理はなさらぬことです。ただし、廓内のどこぞでこの者の行状を聞いた折りは、村崎どの、そなたとそれがしの間柄、そっと知らせてくれませんか。ひとりで動くような真似をすると」

「殺されるというか」

「はい。村崎同心どのの技量があっても触らぬ神に祟りなしです」

「相分かった」

　とふたりは大門の前で左右に別れた。

　面番所に入る村崎同心の背を見送った幹次郎は、隠密廻り同心を絡ませたことがよかったかどうか、ちらりと不安を感じた。だが、金子が絡んだとしても命に関わる件をこれまで村崎同心がとことん避けてきたことを考え、不安をいったん忘れることにした。

「神守様、昼見世で厄介はございません」

　と金次が告げた。

「それはよかった」

「番方は控えの間におられます」

「お会いしよう」

　と吉原会所の表口ではなく裏口に回って控えの間に通ると、

「なんぞございましたかな」

　と顔を上げた仙右衛門が訊いた。

　幹次郎は、九代目弾左衛門の後見人佐七にして、灯心問屋の主彦左衛門でもある人物と並木町の料理茶屋山口巴屋でなした問答を掻い摘まんで話した。が、佐七からあった西郷三郎次忠継が八代目弾左衛門の死に関わっているという話は仙右衛門に告げなかった。

「西郷三郎次忠継は偽の名で、本名は家斉様御台所の母方の係累市田常一郎といいますか」

「はい」

と応じた幹次郎は佐七から受け取った書付を仙右衛門に渡した。

一人二役になって四郎兵衛が吉原会所の御用部屋で書付などをじっくりと読む暇がなくなり、その役目をこのところ仙右衛門が務めていた。

「神守様、うちと弾左衛門様がこの一件で手を結んだと考えてようございますかな」

と問う仙右衛門の口調に一抹の不安があった。

「番方、この一件にかぎり、会所と弾左衛門屋敷は同じ立場、損害を蒙る側ですからな」

と言う幹次郎に、

「となると、この書付の対価はなんでございますか」

と仙右衛門が質した。

「西郷某、市田常一郎の命」

「神守様が弾左衛門役所の仇を討つと約定されましたか」

幹次郎が頷き、

「弾左衛門役所にとってうんぬんより、吉原会所にとっても生かしておくべき御仁ではありますまい。そう思いませぬか。西郷一派の手が伸びてくるならば振り払わねばならぬ」

しばし沈思した仙右衛門が頷き返し、

「四郎兵衛様、弾左衛門の後見人佐七から預かった書付を読んでから返答をしてはなりませぬか」

幹次郎は諾(だく)するほかはなかった。この時点で八代目頭取四郎兵衛と腹心の配下、番方の仙右衛門とは考え方に微妙な違いがあることを幹次郎は感じ取った。

三

腰に大きな煙草入れを下げた四郎兵衛は、五十間道の吉原見番の普請地を見に行った。

夜見世が始まった刻限だ。むろん神守幹次郎が昼間見ているゆえに四郎兵衛は様子を承知していた。だが、四郎兵衛は、古帆布と萱筵二重の覆いを対外的に見ていないことになっていた。なにより夜見世が始まった刻限に普請場の表がどう見えるか確かめたかった。

さすがに素人が設えた覆いではない。五十間道に面した萱筵の穂がきれいに縦に並んで宵の残照に浮かんだ様子は趣さえあった。廓内から清掻の爪弾きが響いてきて普請場を隠した萱筵が一幅の絵のようだった。

覆いの向こうでは職人たちがまだ仕事をしている気配があった。

「おや、こんどは四郎兵衛様のご入来かね」

飛脚屋あがり屋の番頭川蔵が声をかけてきた。

番頭は普請場の右隣の外茶屋大喜の主の宮右衛門と五十間道の反対側から夜見世の客を避けて萱筵を眺めていたらしい。

「ご両人、普請場の物音が気になりませぬかな、とくに大喜さんは普請場と接してござりますでな」

「八代目、普請前に丁重なご挨拶と一斗樽を頂戴し、恐縮でございましたな。長年五十間道の守り本尊のように商いをしておられたあみがさ屋さんが店仕舞いしたのはなんとも残念ですがな。これからは吉原会所が新たに見番を設けるとのこと、出来上がりが楽しみです」

と言って四郎兵衛に笑みを返した宮右衛門が、

「さすがは染五郎棟梁の支配下の職人や人足衆ですな、二重の覆いの向こうから物音ひとつしませんでな。ただ今のところなんの迷惑もありませんよ。今も飛脚屋の川蔵さんと話していたところですよ」

「本普請は未だ始まっておりますまい。今後気にかかることがあればいつでも会所に言ってきてくだされ」

と四郎兵衛が応じた。

「それにしても八代目、おやりになることが素早(すばよ)うございますな。私ども、長いことあみがさ屋さんが商いをやめておられたので、なにかが起こるとは思うていました。それがですよ、不意にあみがさ屋さんはこの敷地を売り、在所の伊勢に引っ越すと聞かされて驚きました。なんとあとに入るのが吉原会所だそうな。それも吉原会所の頭取が七代目から八代目に代わったばかりですよ。五十間道は盆と正月がいっしょに来たような大騒ぎですよ」

「ここからが幾たびも驚かされた。一夜千両とも二千両とも言われる稼ぎで、御免色里吉原を仕切る吉原会所の銭箱には大した金子が入ってないという噂がこの界隈に流れましたな、驚いたのなんのって。その吉原会所があみがさ屋さんの広い敷地を買ったというのだから、大喜の旦那とともに二度三度とびっくり仰天、魂消ました」

と川蔵が話に加わった。

「皆さんに心配をかけましたな。こうして吉原見番が廓内から五十間道に引っ越してくることになりました。今後ともよしなにお付き合いのほどを」

と言い残した四郎兵衛は、妙に静かになった普請場の出入り口に向かった。むろん五十間道を大門へと向かう遊客の駕籠や素見連中に挨拶や会釈をしながらだ。

「入らせてもらいますよ」

と萱筵に手をかけたがすでに中から閉じられたか、出入り口は開かなかった。

そこで四郎兵衛は、大喜との境の路地を奥へと向かった。あみがさ屋と左右の二軒の間を二尺（約六十一センチ）ほどの路地が隔てていた。

森閑とした普請場からして、職人衆はもう仕事を終えて浅草田圃へと姿を消したかと四郎兵衛は改めて思った。

五十間道に面した往来ばかりか隣地との境にも覆いができていた。むろん表とは違い、帆布と萱筵の覆いではない。が、しっかりとした造りの覆いだと四郎兵衛はとくと見て確かめた。

鉤の手に曲がる辺りから険しい声がした。

敷地の中で、なにか揉めごとのようだと四郎兵衛は感じ取り、鉤の手に付けられた出入り口から入った。するとあみがさ屋のお店の裏手、離れ屋との間にある中庭に何人もの男たちが睨み合っていた。職人とも思えない風情の男ども六人が棟梁の染五郎と対峙していた。

「どうなされた」

四郎兵衛が染五郎に訊いた。

「いやさ、かような場面、八代目の頭取には知られたくなかったな」

染五郎が困惑の表情を見せた。

相手をしているのは素人ではない。どんな儲け仕事にも手を出すやくざ者と思えた。中のふたりは浪人くずれで、ひとりは着流しに腰に大刀一本、もうひとりは大小を差していた。

「どなた様でございますな」

「本所、深川界隈を仕切る南本所石原町の親分さんでございましてな。私のお客人の代理と申されましてな、突然お見えになりました。

四郎兵衛様もおよそお察しと思いますが、こちらの普請を引き受ける前、浅草黒船町の粟屋から普請の話がございました、むろん本契約になる前でしてな。こちらの仕事を聞かされて、粟屋さんにはなにがしか金子を支払い、話がなかったことで都合がついておりました。ところが幾多一家の親分さんが、うちに挨拶がない、普請はやめよとの掛け合いでございますよ。で、ございましょう、幾多一家の鬼九蔵親分さん」

染五郎はやくざの親分を見た。四郎兵衛が現れたことで染五郎は安心もし、当惑もしていた。

「さようでしたか、経緯はおよそ承知しました」

と応ずる四郎兵衛に、

「おまえは何者だえ」

問答からも四郎兵衛の正体を承知していて不思議ではないにも拘わらず鬼九蔵が詰問した。

「私でございますか、官許の遊里吉原会所の八代目頭取四郎兵衛と申します。お見知りおきくだされ」

「おれの知る四郎兵衛と違うな」

「ほう、先代の四郎兵衛と付き合いがございましたか。で、ご用件はなんでしたかな、川向こうの親分さん」

「てめえ、染五郎の言うことを聞いて承知だろうが」

鬼九蔵の代貸と思しき男が四郎兵衛に怒鳴った。この者の額に「鬼」の一文字が刺青されていた。

普請場を宵闇が覆っていた。すると染五郎配下の大工たちが提灯を点して、騒ぎの場あちらこちらに吊るした。染五郎らにとってかような揉めごとはさほど珍しくないのであろうか。

「おお、灯りが入りましたな。ところでおまえ様は鬼と申されるか。いえね、この普請場は吉原会所の関わりでしてな。おまえ様がたが関わりを持つ曰くはないとはっきりしましたがな。棟梁の染五郎さんは実直な職人頭、川向こうの親分一家が吉原まで出張ってくると厄介が生じませぬか。繰り返しますが、吉原は御免色里、私どもの背後には町奉行所が控えておりますぞ」

四郎兵衛が代貸に告げた。

「成り上がりの四郎兵衛、いかにも吉原は町奉行所隠密廻りが支配する廓だが、この五十間道は違うぞ。新米四郎兵衛、大門内で威張(いば)ってやがれ。とっとと廓に帰りな」

鬼九蔵が言い放った。

「深川の親分さん、四郎兵衛に忠告なさるか。官許の遊里吉原の頭取に就いてたしかに新米です。さていかにも吉原は鉄漿溝と高塀に囲まれた京間百三十五間と百八十間の敷地ですがな、この二万余坪の土地だけでは商いが成り立ちませんでな。かくいう五十間道両側にも日本堤にも、外茶屋や編笠茶屋がございましょう。つまりこの界隈は官許の遊里吉原の差配地同然でございましてな、町奉行所も認めておられます。つまりこちらも新米の八代目頭取が関わりの普請場ですよ。となると、幾多一家の親分さん、そなたこそ、面倒に見舞われないうちに川向こうにお帰りなされ」

と四郎兵衛が言い返し、

「四郎兵衛め、あれこれと抜かしやがったな。野郎ども、最初が肝心よ、この普請場をすっきりと燃やしちまえ」

と鬼九蔵が応じた。

「川向こうの親分さん、公儀と関わりのある五十間道の吉原見番の普請場を燃やすと言いなさるか、おまえさんがたの首がいくつも飛ぶことになるがいいかねえ」

「お、親分、吉原の大門前で火つけはまずいぜ」

と代貸が親分に慌てて言った。

「ならば、先生がた、まずはこやつをやっちまえ」

鬼九蔵がふたりの用心棒侍に命じた。

「こやつを叩き斬っても大事ないな」

とふたりのうちのひとり、口の端に黒文字をくわえた、一本差しの用心棒侍が無腰の四郎兵衛を見て親分に質した。

「かまわん、殺さぬ程度に痛めつけよ」

幾多一家の鬼九蔵が喚いた。

大川（隅田川）を挟んで向こう岸が縄張り内の鬼九蔵は、吉原会所についても八代目四郎兵衛についてもよく知らぬと思えた。

「呆れた」

と言ったのは染五郎棟梁だ。

「四郎兵衛様、鶴嘴の柄があるがどうですね」

と問うた。

「うーむ、鶴嘴の柄ですか。仕事道具をこやつら相手に使うのは勿体のうございますな。まあ、なんとかなりましょう。相手が相手、川向こうの親分さんに雇われた用心棒さんです」

「こやつ、川向こう川向こうとわしらを小馬鹿にしてやがる」

ふたりの用心棒侍が四郎兵衛と鬼九蔵の両人の問答を聞いて、

「おのれ、われらを蔑みおるか」

「よし、腕一本は斬り落とすぞ」

と未だ脅し文句が効く相手と思うたか刀を抜いて構えた。

四郎兵衛は腰の煙草入れの革鞘から長須磨形雲龍彫を施した銀造りの長煙管一尺一寸（約三十三センチ）を抜くと、

「おいでなされ」

と両人に呼びかけた。

そのとき、

「先生がたよ、こいつの裏の貌は吉原会所の裏同心だぜ、おまえさんがたと同じ用心棒が本職だ。おりゃ、裏同心の技を浅草寺の境内で見たことがある。甘くみると厄介だぜ」

と鬼九蔵の子分のひとりが一人二役の四郎兵衛の裏の貌を告げた。

「なに、こやつ、町人の形をしているが武士か」

「おお、先生がたと同業と言いたいがよ、修羅場を潜った数ではふたり合わせたより裏同心ひとりが多いぞ」

その言葉を聞いたふたりが、

「よし、なれば叩き斬るに迷いはないわ」

「おお、同輩、一気に始末するか」

と言い合って大刀を構え直した。

その瞬間を四郎兵衛がしっかりと見ていた。

長煙管を手にふたりの間に迷いなく飛び込んでいった。相手のふたりの機先を制した一尺一寸の長煙管がひとりの喉口を突き、さらに翻ってもうひとりの用心棒侍の首筋を殴りつけていた。

うっ、
と漏らしたふたりが腰砕けに倒れ込んだ。

手加減をした四郎兵衛だが、京で買い求めた銀製の長煙管はそれなりに重さがあった。

　ふたりが地面に転がって失神したかどうか見る間もなく、四郎兵衛は鬼九蔵と代貸のふたりに襲いかかっていた。

　一瞬の裡に意識を失った四人が普請場の庭に転がった。

　普請場を驚きの沈黙が支配した。

　四郎兵衛の銀煙管の雁首がゆっくりと回されて、一人二役の幹次郎とも承知していた若い子分に向けられた。

「お、おりゃ、な、なにもしてないぞ」

「最前、川向こうの親分さんによき忠言をしておられましたな、それでこそ親分子分の間柄といえましょうな。そなたに頼みがあります」

「な、なんだ」

「こやつら四人を、川向こうまで連れ戻してくだされ。手加減したで精々骨が折れているくらいです、死にはしますまい」

　若い子分が残りの仲間ひとりを見て、

「おれたち、たったふたりだぞ。親分たちは四人だぜ。どうすりゃいい」

「そのほう、名はなんです」

「鰯の三次だ」

「ほうほう、体つきも鰯と言われれば似ておりますな。鰯の三次さんや、五十間道には川向こうからどうして来られましたな」

「川向こうから荷船で来たんだよ、見返り柳近くの橋下に待っておるぞ」

鰯の三次の言葉を聞いた染五郎棟梁が、

「四郎兵衛様よ、その四人、うちの連中に山谷堀の荷船のところまで引きずっていかせよう。その先は鰯の兄さんがた、ふたりに任せよう」

「棟梁、願おう」

どこからともなく騒ぎの決着を見つめていた染五郎棟梁配下の職人衆が手際よく四人を浅草田圃へと運び出した。

「棟梁、私め、要らざる節介をなしたようですね」

「いえいえ、八代目四郎兵衛様もなかなかの手際でございますな」

四郎兵衛の言葉に染五郎が応じたものだ。

そのとき、澄乃は三浦屋の大籬が見える京町一丁目の向かいの木戸口傍の蜘蛛道の入り口に身を潜めていた。

昼見世の折り、奈美とちらりと格子越しに話していた。そのとき、奈美が、

「なんとなくまた睨まれているような気がする。でも、はっきりしないの」

と漏らした。

「分かったわ、奈美さんは他の朋輩衆といっしょに御用を務めなさい。いいこと、どのようなときでも決して独りにならないで」

「私、新入りですけどお客さんが来てくれてるわ。前に妓楼にいた折りの馴染の人が昨日上がってくれたの」

「あら、それはよかったわね。知り合いのお客さんならいいわ。私が番頭さんに話しておく。怪しい客は番頭さんが断わるように仕向けてもらうわ」

と澄乃は奈美に注意していた。

そんなわけで澄乃は京一の向かい側の蜘蛛道から三浦屋の張見世を見張っていたのだ。

夜見世が始まっておよそ一刻（二時間）、格別に変わったことはなかった。

不意に三浦屋をどこからともなく見張る、

「眼」

を意識した。

その眼の見張る相手が奈美と決まったわけではない。吉原一の大楼三浦屋には禿（かむろ）から花魁の高尾（たかお）太夫まで美姫（びき）が数多いた。だから奈美に関心を寄せている「眼」とは言い切れなかった。

澄乃は半刻（はんとき）（一時間）ほど不動の姿勢で気を尖（とが）らせたが「眼」がどこから三浦屋の籬を見ているか察することはできなかった。

相手は並みの者ではない。

五つ半（午後九時）過ぎ不意に「眼」の存在が消えた。

小見世から大籬の三浦屋に移った奈美を監視する者とはふつうは思えなかった。

だが、三浦屋に関心を抱いている者がいることはたしかだった。

澄乃は四つ（午後十時）まで待って木戸口に近い蜘蛛道を出た。

蜘蛛道を使い、京町二丁目に出た澄乃はふたたび蜘蛛道と仲之町を横切って京町一丁目に戻り、三浦屋の裏口から表土間に行き、番頭と会った。

「奈美さんならば客がついていますよ」

と遣手のおかねが言った。

「初めての客ですか」

「いや、前の楼で幾たびか上がった客だそうだよ。なにか気がかりがあるかえ」

「いえ、今のところなんとも」

と曖昧に返事をした澄乃はいったん吉原会所に戻ることにした。

四

澄乃が吉原会所に戻ると四郎兵衛は御用部屋にいると金次が言った。

遠助が澄乃をちらりと見た。

老犬は夏の暑さが応えたか、土間の片隅にある居場所にげんなりした表情で横になり視線だけを向けてきた。

「澄乃さんよ、急に元気が失せてないかえ」

と金次が話しかけてきた。

若い衆も吉原会所の飼犬の老いを気にかけていたのだ。

「遠助も歳です、夏の疲れが今出たのでしょう。なにか滋養のあるものを食べさせれば元気になりましょう」

「そんな素人判断でいいのか」

「この界隈に犬を診る医者がいましたか」

「いるじゃねえか。番方の養父つぁんが医者だろうが」

「えっ、柴田相庵様に診てもらうというの。柴田先生はえらいお医師よ」

「澄乃さんらしくねえな。犬も人も同じ生き物だぞ。相庵先生が鼻面だか舌を診れば元気がない原因が分かるんじゃないか」

金次の言葉を澄乃は考えた。

「そうよね、頼めるかしらね、番方に訊いてみようかしら」

「奥にいなさらあ、そうしなそうしな」

御用部屋で四郎兵衛と仙右衛門が話し合っていた。

「澄乃、そなた、どちらを見廻りでしたか」

四郎兵衛が先に問うた。

「はい、一刻ほど三浦屋さんの表を窺っておりました」

「うん、三浦屋になにかあったか」

と番方が尋ねた。

「奈美さんの話ですが、三浦屋を見張っている『眼』をなんとなく感じたそうです。私も見張りについて漠と感じました。奈美さんや私の勘違いか相手が慎重なのか、なかなか正体を見せません」

「ほう、そんなことがな」

「やはり奈美さんが狙いかと思いましたが、そんな気配も見せません。一刻以上も無駄な見張りを京一の木戸口の陰から致しました。不意に気配が消えて、無益な時を過ごしました」

と澄乃が会所の幹部ふたりに事情を告げた。

「澄乃、そなたが一刻も見張ったとなると、やはり勘が当たっているのではありませんかな。そなたは裏同心稼業で幹次郎とともに経験も積んできた、いまや一人二役のどなたかよりも勘仕事が冴えておりますでな」

と四郎兵衛が言い切った。

「四郎兵衛様、番方、三浦屋さんに降りかかっている難儀をなんぞご存じではございませんか」

「いや、私は知りませんぞ」

との四郎兵衛の返事に仙右衛門も賛意を示し、

「澄乃、三浦屋のだれぞにこの一件話したか」

と質した。

「見張りをやめ、しばらく蜘蛛道を歩き回って時を過ごし、三浦屋の裏口に回って遣手のおかねさんに会いました。奈美さんがどうしているか訊いてみると、前の小見世のころの客がついたとか。奈美さん、大籬三浦屋で一人前の抱えになりそうというのが分かりましたが、他にはなにも。おかねさんにも奈美さんにも私が見張っていたことは知らせていません」

と澄乃が答えた。

「私のほうには、五十間道の普請場で小騒ぎがありました」

と前置きした四郎兵衛がふたりに話した。

「南本所石原町のやくざ者一家がうちの普請場に眼をつけましたか。その者の考えとも思えませんな、こちらもまた背後にだれぞ控えていませんかえ」

「小銭稼ぎに川向こうのやくざ者が吉原見番の普請場に眼をつけたかと思っておりましたが、やくざの親分らをあの場で問い詰めておけばよかったかと今ごろ反省しているところです。ともあれ次から次にあれこれと降りかかりますな」

四郎兵衛が苦笑いし、仙右衛門が四郎兵衛を正視した。

「四郎兵衛様、五十間道の一件でお話がございます」

「承知しました」

と応じた四郎兵衛が、

「三浦屋の見張りの一件が気になります。半刻後、天女池で会いませぬか」

と澄乃に言うと、澄乃は畏まりましたと応じて御用部屋から辞去していった。

澄乃を見送っていた仙右衛門が四郎兵衛に顔を向け直した。

「驚きました」

とひと言告げた。

「西郷三郎次忠継こと市田常一郎の所業についてですかな」

「むろんそれもございます。私が感嘆したのは当代の矢野弾左衛門一門の寛容、いえ、寛容などという言葉は適切ではございませぬな。公儀からの厳しい注文に若い弾左衛門様とご一門がようも我慢して我慢して耐えてますな。長吏頭の身内にも腕利きがおりましょう、西郷一派に抗うことはできましょう。ですが、公儀の動きを気にしてか、弾左衛門様の信頼する配下の者が八人も殺されたのに、じいっと我慢しておられますでな」

佐七が神守幹次郎に望みを託した背景にはかような事実があったのかと四郎兵衛は改めて思った。

「ともかく猫またぎの市田常一郎の所業は悪辣非道ですね。幕閣のあちらこちらの口を金子で塞いでおりますし」

「四郎兵衛様、猫またぎ、と申されましたか、初めて聞きます。そりゃ、またどういう意でございますな」

「私もね、麻や弾左衛門様の後見人佐七さんに教えられました」

と前置きした四郎兵衛が猫またぎの言葉の意を告げた。

「おお、これはうってつけの言葉ですな。家斉様正室の総用人西郷某こと市田常一郎とは、猫もまたぐ人物ですか。おお、この輩にはなんとも妙な言葉ですがぴったりですぞ。猫またぎ市田常一郎か」

と仙右衛門は悦に入っていたが、ふっと表情を変えて、

「繰り返しますが、九代目弾左衛門様と一門はよく我慢してこられました。もしこやつらの手が吉原に振り向けられるとしたら、吉原会所はひと溜まりもございますまい。

弾左衛門屋敷は三百諸侯に照らして格式一万石、財力五万石と城中で評されるそうですが、長吏頭一統の格式は別にして、財力はこの何十倍でしょう。

うちはつい先日まで銭箱に四百両足らずの金子しかございませんでしたな。それが四郎兵衛様の働きで、なんとか借財を得て凌いでおるところでございますでな、猫またぎが牙を剝けば、うちはあっけなく潰されましょう」

「番方、となるとかような吉原会所に猫またぎも手を伸ばすことはないのでは、と思いたくなりますな」

「最前の私のたとえはいささか強引にして一方的でしたな。吉原会所には所蔵金はありませんが、やり方次第では、吉原はいかようにも儲けが生じるところです。なにより官許というところが、弾左衛門様方と違うところです。たしかに格式も財力も話になりませんが、御免色里の遊里はうちだけです。公儀の名のもと、使い道次第ではそれなりの大金が稼げます」

と仙右衛門が言い切った。

「さあてどうしたもので」

四郎兵衛が改めて独語した。

両人の間に沈黙が長いこと続いた。

「四郎兵衛様、西郷一派の横暴を読売に暴き立てさせますか」

仙右衛門が自問するように言った。

しばし沈思していた四郎兵衛が、

「こたびの一件、幕閣を抱き込んだ西郷一派といい、弾左衛門屋敷といい、読売を読む人にとって馴染みがない組織というか面々と思いませぬか。知り合いには受けたとしても、庶民が喝采したり、横暴に憤ったりするネタとはいささか違いませんかな。ましてや、吉原を狙うそのような企てがあると世間に知られたら、新たな厄介が生じるのではありませんかな」

四郎兵衛の言葉に腕組みして考え込んだ仙右衛門が、

「読売は自分たちの身近な争いごとや難儀なれば、庶民は即飛びつきますがな、こたびのこと、西郷一派も弾左衛門屋敷も、読売を購う連中に一々説かねばなりませんな、この手は使えませんか」

と番方も四郎兵衛の判断に賛意を示した。

四郎兵衛が仙右衛門を見て思った。

(となると、手はやはりひとつかな)

(弾左衛門様の後見人佐七と裏同心神守幹次郎が内々にした約定を果たすしかないか)

四郎兵衛はしかし、吉原が企てたとは世間にも公儀にも知られぬ手口でないと自滅することになると思った。

四郎兵衛が呟き、仙右衛門が頷いた。

「番方、うちは後の後しか手立てはない。相手方に先手を取らせ、それを世間に知らしめたあとでしか動けません」

「そうなれば読売の出番がありそうですがね。ですが、吉原会所に弾左衛門様配下の見舞われたような損害があってはなりませんぞ」

「難しいですな」

「はい、勝負は一度だけです。しくじりはできません」

と吉原会所の八代目頭取と番方が同じ問答を繰り返して得心し合った。

四郎兵衛は神守幹次郎の形に変えて吉原会所の裏口から蜘蛛道に出ると天女池に向かった。

澄乃と、三浦屋を見張る「眼」を確かめに夜廻りに行こうと約定してあった。

だが、澄乃の姿はなかった。

お六地蔵の前に紙片が置かれてあった。月明かりで微かに、

「遅れます　遠助」

と読めた。

お六地蔵に手を合わせた幹次郎は老桜の下にある切株に腰を下ろした。

先代の四郎兵衛が惨殺されて以来、吉原会所を悲劇が次々に見舞っていた。そんな最中、まさか神守幹次郎が一人二役で八代目頭取四郎兵衛の役職を兼ねよう

とは夢想もしなかった。

(なにか喜ばしいことはないか)

と思案した幹次郎は、

(そうだ、廓内の吉原見番がおよそ一年後に五十間道の新吉原見番に移ったあと、廓内の旧見番の建物をどう使うか)

と思いついた。

五丁町の表通りではないが官許の吉原に六十余坪の土地と地下がついた二階家は貴重な存在だと思った。

(さあて、どのように使うか)

廓内の主人は、なんといっても遊女衆だ。が、花魁と呼ばれ、頂点を極めた太夫も大門を得手勝手に出入りできなかった。

まず、遊女衆のためにただ今の吉原見番が利用できないか。

むろん吉原見番に所属する芸者や芸人たちが稽古を続けてきた場所ゆえ、二階には稽古場があった。この場を、三味線や太鼓や琴や踊りなど稽古ごとを遊女衆に教える場にするのはひとつの使い道だろう。

また、汀女が遊女たちに読み書きを教えているように書画、茶の湯など教養を身につける場としても考えられた。

まず、遊女衆と芸人の共有の交流場にするのを妓楼や引手茶屋の主がどう考えるかであろう、そんなことを思案していると、澄乃が遠助を連れて天女池に姿を見せた。

「なんぞあったかな」

「いいえ、遠助を夜廻りに連れてこようと思いつきましたので、会所に一度戻ってきました。行き違いになったようです」

と幹次郎に応じた澄乃が、

「番方が遠助の傍らでなにごとか思案しておられました。神守様、私がなすことがございましょうか」

「番方の悩みごとは察することができる」

「厄介ごとですね」

「そういうことだ。昔のように吉原に遊客が詰めかけてくれると大半の厄介ごとは解決するのだがな、この不景気だ。よい出来事はないな」

と幹次郎が応じて切株から立ち上がった。

「そなたのことだ。遠助を連れに行ったと申しておるが三浦屋を蜘蛛道から眺めてきたのではないか」

「お察しの通り見て参りました。私が昼間感じた三浦屋を見張る『眼』は感じられませんでした。私のいささか早計な判断だったのでしょうか」

と澄乃が言った。

「さあてのう」

と幹次郎は応じただけでそれ以上は答えなかった。

蜘蛛道から京町一丁目に出ようとして幹次郎の足が止まった。思いついたことがあってのことだ。

「澄乃、二手に分かれよう。そなたは最前のように密(ひそ)かに三浦屋を見張りなされ。それがしは三浦屋の裏口から三浦屋に入り、当代の四郎左衛門様に会って話を聞いてみようと思う」

と提案した。

幹次郎は、運よく四郎左衛門に会うことができた。

帳場座敷には主がひとりいた。そこで正直に、澄乃が感じた見張りの「眼」について告げた。すると四郎左衛門の表情が微妙に変わった。

「なんぞ心当たりがございますかな。不都合でなければお話しくだされ。その上で吉原会所がなすことがあればお申しつけくだされ」

と願った。

ふっ、と息を吐いた四郎左衛門が、

「神守様がすでにご存じの筋ですよ。そなた様もただ今そう思われて私に面会を求められたのではございませんか」

と言い切った。

「根岸村の隠居の一件ですか」

無言で頷いた四郎左衛門が沈思した。長い沈黙のあと、

「親父ともあろう者が困ったことでございます。かような言い方は大変差し障りがありましょうが、七代目頭取四郎兵衛様が身罷られたのは、死に方は別にして当代の四郎兵衛様にとって都合がよきことで、余りにも長きにわたり吉原を支配してこられた、と私は勝手なことを考えております」

と内心を吐露した。

「先代が存命の三浦屋の当代は迷惑千万ですか」

「隠居すると称して、なおも現役時代の力を誇示しようとするのは迷惑千万以上、父子の間柄だからこそやってはならぬことです」

「四郎左衛門様、いつ根郷様の見張りに気づかれました」

「昨日からです」

「だれが根郷様の代役でこちらを見張っているのでしょうか、お分かりですか」

「神守様がご存じのように親父が三浦屋の八代目を務めた間はえらく長うございました。おそらく、在任中から親父は廓内外に吉原会所も知らぬ人脈を配していたはずです。その当時からの面々のひとり、あるいは複数の者かと思います」

四郎左衛門の考えを聞いて幹次郎は沈思した。

「根郷様は現在の三浦屋を見張ってなにをなさろうと考えておられるのでしょう」

「神守様、これは私の推量に過ぎません。親父が仕切っていた三浦屋のころよりただ今の三浦屋の売り上げが落ちておることと関わりがある。月々の売り上げは正直に根岸村に報告してございますで、親父は承知です」

「四郎左衛門様、吉原会所の七代目の四郎兵衛と三浦屋の先代のふたりが主導した時節とただ今を比べるのは愚かですぞ。松平定信様の改革が失敗に終わり、江戸じゅうが貧寒として商いが動いていないのですからな」

「親父は、自分が主ならばかような数字にはならぬと思うておるのではありままいか」

四郎左衛門と神守幹次郎は視線を交わらせたが、言葉がそれ以上出てこなかった。

ふたりは四半刻ほど対応をぼそぼそと話し合って別れた。

第三章　湯屋の腰掛

一

神守幹次郎はひっそりと三浦屋の裏口から蜘蛛道に出た。

京町一丁目の裏手、西北側は揚屋町と接していた。

ゆらりゆらりと天女池に向かった。すると天女池にすでに澄乃と遠助の姿があった。傍らには小さな小田原提灯があった。

「なんぞございましたか。半刻も話し合われたようで、やはり厄介ごとが絡んでおりますか、神守様」

「厄介は厄介じゃが、いささかそなたが考える厄介とは意味合いが違う」

と前置きした幹次郎は、当代の四郎左衛門との会談の模様を語った。すると澄

乃が、

「先代の三浦屋の主様ならば、会所の動きはすっかり承知でございましょう。私がなんとか正体を知ろうと思うても無益でしたね」

と答え、さらに、

「神守様は、このこと察しておられたのではございませんか」

「うーむ、過日、根岸村に根郷様を訪ねた折りのご隠居のお言葉にちと驚かされたことがあったでな。そんなわけで、なんとなく推量はしておった。それにしても吉原程度の組織でも長年権力を握った者は、これまで生きてきたあり方に執着してそれを捨て切れないものか」

澄乃は幹次郎の嘆息して吐いた言葉を無言で吟味していたが、

「三浦屋さんの内証が絡むゆえ、会所では見て見ぬふりを致しますか」

と訊いた。

「いや、当代は、親父は親父、私の代は私の代で廓を営みたいと申されておられる。ゆえに会所もその意見を無視するわけにはいかぬ。われらの立場からすれば長年功績のあった隠居様よりただ今の三浦屋の主の考えに従うのが筋であろう」

幹次郎は、手にしていた紙片を澄乃に差し出した。

「その中に四人の名が列記してある。ひとりめは廓内の住人で、先代の三浦屋の旦那が密かに探索を命じていたそうだ。残りの三人は廓外の人物でな。もし先代の意向で動く者がいるとしたらだれであろうと、三浦屋の番頭と遣手のふたりをわれらの前に呼んで当代自ら質された。さすがに三浦屋の裏を長年支えてきたふたりだな。先代の命で動く者がいるとしたら、この四人だろうと名が挙がり、おかねさんは、見張りをしている者はこのうちのひとりか、ふたりだろうと申された。

澄乃、まずは廓内の者から調べてくれませんか」

四人の名前と稼業、さらには住まいを書き留めた四郎左衛門の自筆の紙片に、提灯の灯りに照らし澄乃が目を落とした。

「分かりました」

と澄乃が即刻請け合った。

「この者たち、知らぬ存ぜぬという態度に出るかもしれぬ。その折りはそれがしが動く」

「廓内のひとりは手間がかかることはありますまい。面倒は廓外の三人でしょうか」

　と言った澄乃が、

「神守様、この者たちが隠居の根郷様に訴えることはございませんか」

「ないとは言えますまい、その折りは、隠居と当代のどちらに忠誠を尽くすかとくと考えなされと忠言するしか手はないな、となると四郎兵衛様の出番かのう。吉原会所としても、根郷様と穏やかなお付き合いをしていきたいが、これ以上の難儀にならぬことを祈るしかありませんな」

　と幹次郎が言った。

「神守様、この足で廓内の者と会いとうございます」

「そのほうがよかろう」

　そのとき、遠助がくんくんと鳴いた。塒（ねぐら）に戻りたい犬を連れて幹次郎は吉原会所に先に戻ることにした。かくて裏同心ふたりは、天女池で二手に分かれた。

　官許の遊里吉原には大門があって町奉行所隠密廻り同心が詰める面番所と吉原会所とが出入りの警戒に当たった。

　その目途（もくと）の一は足抜（あしぬき）だろう。紋日（もんび）など出入りの多い日には吉原会所の若い衆が見張りに立ち、

「女は切手」

と警告の言葉を発して女衆の出入りを格別に警戒した。

一方で男は素見どころか、物乞いまでもが大門を勝手次第に往来できた。

さて物乞いといっても虚無僧もいれば、托鉢僧、願人坊主など様々な乞食が出入りした。これらの物乞いにはおよそ馴染の妓楼や引手茶屋があった。

夜見世に催される花魁道中の最中は遠慮するが、妓楼や茶屋の暖簾の前に立ち、口の中で経を唱えたり、無言で喜捨を求めたりする。妓楼や茶屋に立つ物乞いの腰に吊るした笠には、

「仲之町山口巴屋施」

などと認められている。

いわばこの妓楼や引手茶屋の名入りの笠が大門の通行証でもあった。

吉原の大籬三浦屋の先代が吉原会所にも内緒で探索や見張りに使っていた物乞いは、どういうわけか羅生門河岸に定住している虚無僧涼拓だった。

この涼拓がいつから切見世の端っこに暮らしているか澄乃も事情は知らなかった。

澄乃どころか神守夫婦が吉原と関わる以前から河岸見世に住んでいると思える

涼拓はひっそりと廓の内外を行き来して暮らしていた。涼拓が腰に吊るした古びた虚無僧笠には、薄れかけた字で「角町栄楼施（すみちょうさかえろう）」と書かれた布が下がっていた。

澄乃は大門の賑（にぎ）わいを利して静かに廓に戻ってくる涼拓の姿をしばしば見かけていたが、これまで気に留めることもなかった。

澄乃は羅生門河岸の涼拓の住まいを訪ねた。出入り口は細い路地を使っていると見えて、戸口には、

「角町栄楼施」

の笠が掛けられていた。

「涼拓さん、おられますか」

と澄乃は羅生門河岸から漏れてくる微かな灯りを頼りに笠を見ながら、声をかけた。

澄乃の手には火を消した提灯があった。

しばらく待っていたが部屋の中は森閑としていた。

澄乃が諦めて戻ろうとすると声がかかった。

「女裏同心さん、なんぞ用事かね」

「おや、綾香（あやか）さんですか」

虚無僧涼拓の河岸見世と壁ひとつで接している綾香の切見世には客がいないらしい。そんな澄乃の気配を察した綾香が、

「今宵はしけた夜見世さ。客なし銭なし、すべてなしのすってんてんさ」

とぼやいてみせた。

だが、澄乃は承知していた。

どのような出自(しゅつじ)を持っているか知らないが綾香が小銭を仲間に貸していることをだ。それもかなりの歳月、金貸し商いを続けているらしい、ということは無謀(むぼう)な金貸しではなく仲間を助ける気持ちもあってのことだろう。

「涼拓さんのお宅を訪ねてきたんですが、留守でしょうか」

「お宅ね、羅生門河岸にそんな洒落たもんがあったかね」

と応じた綾香が、

「最前、といっても一刻以上も前のことだ。壁の向こうで人の気配がしていたよ。このところ廓の外に托鉢に出てないのかね。おまえさんの言う、お宅でさ、静かに暮らしていたのかね」

「ならば戸を叩いてみます」

「澄乃さんさ、おまえさんも承知だろうが、羅生門河岸の切見世に錠(じょう)や閂(かんぬき)な

んぞカッコつけたもので戸を閉じるところがあるかえ」

「そうでしたね」

と涼拓の住まいに引き返そうする澄乃を引き留め、

「おまえさん、火が消えた提灯持っているが蠟燭がないのか」

「いえ、羅生門河岸に提灯を点して入り込むのもなにかと思って木戸口で消しました」

「ならば火を点けていきなよ」

深川辺りのざっかけない口調で言い、紙こよりに行灯の火を点して澄乃の持つ提灯に移してくれた。すると綾香の三十半ばの顔が灯りに浮かんだ。化粧っけのない顔はつやつやしていた。

「有難う、綾香さん。この次、五十間道の甘味屋で大福を買ってきます」

「そんな気を遣うこともないやね、ただ行灯の火を移しただけだよ」

と言いながらも若い澄乃と話すのが嫌いではないのか、

「澄乃さんのお父つぁんは侍だってね」

と言い出した。

「侍といっても貧乏浪人です。私が物心ついた折りには母は身罷っておりました。

父は町道場の雇われ師範として生計を立てておりましたが、私は物心ついたときから長屋で父と私のぶんのごはんを作ったり洗濯したりしておりました」

「おや、貧乏を絵に描いたような暮らしだね。うちの暮らしとおっつかっつだよ」

「あら、おっつかっつだなんて、久しぶりに耳にしました。とんとんのことですよね」

「ほいさ、ちょぼちょぼとも言うよ。そうか、澄乃さんのお父つぁんは侍は侍でも」

「貧乏侍でした」

「なに、死んだのかえ」

「はい」

「吉原会所に勤めているというから、変わり者とは思っていたが貧乏侍の娘か、わたしたち、話が合うよ。おまえさんの同輩の裏同心の旦那は吉原会所の四郎兵衛様でもあるんだよね」

「なぜか裏同心と八代目頭取の一人二役を務めておられます」

「そんな四郎兵衛様が、ほれ、厠の傍らに桜の若木を植えてくれたよ。来春、花が咲いたらさ、酒盛りでもやろうかね、大福もいいが桜には酒だよ」

「覚えておきます」

と言い残した澄乃は虚無僧の涼拓の長屋に引き返した。すると最前まで戸口にあった、

「角町栄楼施」

と書いた笠がなくなっていた。

(あら、どうしたのかしら)

と思いながら戸口を叩いたが応じる者はいなかった。

「開けますよ、涼拓さん」

と狭い戸口に手をかけて開き、提灯を突き出した。すると狭い土間の向こうの狭い部屋に素足がぶら下がっているのが見えた。その下に小さな脚台が転がっていた。

「うっ、く、首吊り」

と澄乃は息を呑んだ。

臭いも凄まじかった。

両目を閉ざし、息を整えようとした。さらに、

(吉原会所の女裏同心が首吊りを見たくらいで動揺してどうする)

と己に言い聞かせると呼吸を幾たびか繰り返して気持ちを鎮めた。

澄乃の知る虚無僧は、古びた黒小袖に手甲脚絆、首から偈箱を下げ、肩から大掛絡を掛け、腰帯の後ろに尺八を差していた。

だが、涼拓と思しき者は派手な京友禅らしき衣服を着ていた。

澄乃は提灯を持ち上げて顔を照らした。白塗りに紅を差していた。

(涼拓さんかな)

そのとき、澄乃は常に虚無僧笠を被っていた涼拓の素顔をよく知らなかったし、白塗りに紅を差してまるで花魁の真似をしているようで見分けがつかなかった。

(綾香に確かめてもらうしかないか)

と思った。

澄乃は平静な気持ちに戻ろうと、

「嶋村澄乃、そなたは武士の娘にして吉原会所の女裏同心ですよ」

と幾たびか己に言い聞かせた。

澄乃は提灯を土間に置き、綾香の切見世に戻った。

「どうしたね、涼拓さんはいたかえ」

「綾香さん、虚無僧涼拓さんの素顔をご存じですか」

「えっ、涼拓さんの素顔だって。そうか、虚無僧さんは笠を被っているからね、おまえさんがたは顔を見たことはないのか」

「まあ、綾香さんが承知なら確かめてほしいのです」

「ううん、涼拓さんはいるのかえ、いないのかえ」

「おります」

「ならば、あんたは涼拓さんか、と訊けばいいじゃないか」

「それが訊けないのです」

「訊けないってどういうことだね。まさか、おっ死んでいるってことじゃないよね」

綾香の問いに澄乃がこくりと首肯した。

「なんだって、涼拓さんが死んだって。あいつは酒も呑まないし、病だなんて聞いてないよ。歳だって私とちょぼちょぼだろうが」

「自死です」

「じし、ってなんだえ」

「自裁です、首吊りです」

「ひえっ、虚無僧が首を吊ったって、なんか妙じゃないか。澄乃さん、ほんとの話かね」

「間違いございません」

「わたしに見ろってか」

「嫌ですか、嫌ですよね。ならば私が吉原会所に知らせに走ります。その間、だれも涼拓さんの部屋に入らないように部屋の外から見守っていてくれませんか」

「独りでかえ、それも嫌だが」

と呟いた綾香が、

「よし、深川生まれの博奕(ばくち)打ちの娘が確かめようじゃないか。そのほうが澄乃さんのひと手間が省(はぶ)けるのだよね」

綾香の決断に澄乃が頷き、ふたりして涼拓の塒に向かった。

戸口の前で澄乃が体をずらした。

「えっ、なんだえ、いきなりか」

と言った綾香が艶(あで)やかな友禅を着た虚無僧を見た。

ごくり
と喉を鳴らした綾香が、

「これが涼拓さんか、虚無僧が華やかな友禅なんぞを着て、なんで首を吊ったんだよ」

「涼拓さん、女装するのが好きだったとか」

「ううーん、わたしゃ、そこまで付き合いはないよ。これじゃあ、首吊りの御仁が涼拓さんだって言い切れないよ。友禅と思しきものを着て白塗りの顔だよ」

「やはり分かりませんか」

「待ちな、あいつがね、二、三年前の夏にさ、朝っぱらから井戸端で水を被っていたんだよ。そのときね、両の二の腕に妙な刺青があったよ。わたしには読めない字だったね」

と思い出した。

「両腕ですね」

「ああ」

澄乃は覚悟を決めて土間から畳の間に上がった。

「うーむ」

首吊りしたせいで脱糞したか、異臭(いしゅう)が狭い部屋に充満していた。澄乃は手拭いで鼻を覆うと、二の腕を隠す友禅の裾(すそ)をたくし上げた。地肌に、

「明頭来明頭打」

とあった。

「綾香さん、この字かしら」

と澄乃が綾香に見えるように避けた。

「ああ、それそれ、その刺青だよ」

「このような刺青が右の二の腕にもあるのね」

「ああ、なんて読むんだい、澄乃さん」

「どう読んでいいか分からないな。でも、この首吊りさんが虚無僧の涼拓さんよね」

「ああ、間違いないよ」

と綾香が答えた。

ちなみに明頭来明頭打は、臨済宗の教えだ。相手がある態度（明頭）に出てくればこちらもそれに応じて相手を押さえるという考え方だ。涼拓の別の二の腕には、対の言葉、

「暗頭来暗頭打」

の六文字があった。

「私は吉原会所に知らせてくるわ」

と言った澄乃が、

「ただいまの刻限が分かるかしら」

「刻限だって。四つの時鐘を聞いてから四半刻は過ぎているよ」

と答えた綾香が、

「す、澄乃さん、おまえさんといっしょに吉原会所に行っちゃいけないかね。薄い壁の向こうに涼拓さんの妙ちきりんな首吊りの骸（むくろ）があると思うと、わたしゃ、落ち着かないよ、おちおち眠れないよ」

と願った。

「仕方ないわね、今晩は綾香さんに世話になったものね」

澄乃が応じると、

「財産を持ってくるよ」

と言い残して綾香が切見世に戻った。

涼拓の部屋の土間に残した提灯の火を消し、戸を閉じて独りになった澄乃は考えに落ちた。

一、廓内の住人虚無僧の涼拓はなぜ羅生門河岸の切見世の一室に住めたのか。
一、涼拓が大籬三浦屋の先代、ただ今の隠居の根郷の密偵を務めていたというのは真のことか。もしこのことが真実ならば、吉原一の格式を誇る大籬の三浦屋は大きな難儀に見舞われるのではないか。

神守幹次郎と八代目頭取四郎兵衛は、どのような始末をつけるつもりか。それも今晩ひと晩である程度の目処をつけざるを得ないだろう。

「お待たせ」

綾香が戻ってきた。なんと大風呂敷を背中に負っていた。

「大荷物ね」

「だって、会所に泊まるたって夜具まで用意してくれなんて言えないわ」

「会所にだって夜具くらいありますよ」

「それじゃあんまり遠慮なしじゃないかえ。ともかく、土間の隅にでも泊めてくれれば恩に着るよ。涼拓め」

と大荷物を背負った綾香と澄乃のふたりは角町の木戸門を潜って仲之町に出た。

二

この夜、番方の仙右衛門は養父柴田相庵の診療所の離れ屋に戻ったばかりだった。だが、幹次郎と四郎兵衛の一人二役の判断で若い衆を走らせ、事情を告げ呼び寄せることにした。

その際、番方だけではなく虚無僧涼拓の首吊りの死因を確かめるべく相庵の同行も願っていた。

深夜に年寄りの相庵を歩かせることを考えた幹次郎は、客が乗ってきた駕籠を一丁確保して若い衆に伴わせた。深夜ではあったが、吉原は引け四つ（午前零時）前だ。客がちらほらと来ることもあって、駕籠は容易く確保できた。

仙右衛門と若い衆が従った相庵の駕籠が大門前に到着したとき、吉原特有の引け四つを告げる拍子木（ひょうしぎ）が鳴っていた。

番方と相庵のふたりは羅生門河岸の涼拓の塒に直行した。そこでは幹次郎と金次が番方らの到着を待ち受けていた。

即刻、首吊り現場に入った相庵医師が行灯の灯りで涼拓の首吊りを無言で眺め、足元に転がった脚台に視線をやった。相庵、番方、幹次郎の大人三人が入ると異臭が充満して、現場は身動きがつかなかった。

「よし、骸を下ろして外に出そう」

と相庵が言い、表に出た。

幹次郎が涼拓の首に巻かれた麻縄の上を切り、番方と金次が表に敷かれた筵に骸を横たえさせた。そして、金次を遠ざけた。

行灯の灯りの下で首に巻いた麻縄の結び目を確かめていた相庵が、

「うむ、こりゃ、自死かのう」

と疑問を呈し、さらに丹念(たんねん)に調べ始めた。

「先生よ、首吊りを装(よそお)った殺しかえ」

と番方が養父でもある柴田相庵に質した。

「当人が結んだにしてはいささか妙ではないか。それに首吊りの縄目とは別に、首に縄を掛けられてくびり殺されたような跡が見えぬか、これよ」

見ると涼拓当人が結んだと想定される縄目の下に紫色の跡がついていた。

番方が幹次郎を見た。

「うむ、それがしも最初見た感じではな、自裁ではのうて殺しと思った。それにこの涼拓には厄介があったかもしれぬ。だれが始末したか知らぬが他殺ではないか」

大籬三浦屋の隠居根郷と絡む一件で起きた殺しではと告げていた。

「厄介じゃな」

仙右衛門も幹次郎の意見に賛意を示すように言った。

「ご両人、あの脚台だが、角町裏のかど湯の腰掛ではあるまいか」

と相庵が言い出した。

「相庵先生は吉原の湯屋の腰掛まで承知ですか」

と幹次郎が問うた。

「おお、わしは若いころから湯屋好きでな、官許の廓の湯屋もすべて承知しておるわ。自前で作った腰掛を使うのはかど湯だけだぞ。この首吊り男、湯屋の腰掛をちょろまかして塒で使っておったか」

と相庵が言った。

「たしかに涼拓の塒は狭いや。持物は夜具程度で、あとは虚無僧の装束一式ですね。なによりこやつ、切見世に落ちた年増女郎ではあるまいし、なにゆえ派手な友禅を着て首を吊ったか。富沢町辺りの古着屋で買い求めた友禅が死に装束とはな。こいつは何者かに殺されたな」

「それもそのことを下手人は隠そうともしていない。首吊りを装いながら、これは殺しだぞ、と高言しておるな」

「厄介だな」

「番方、吉原会所の決心次第だぞ」

「神守様よ、四郎兵衛様はこの一件どうみておられようか」

「正直、難儀が、それも大きな難儀が降りかかったと考えられるのではないか」

「どうするな、四郎兵衛様」

番方が一人二役の四郎兵衛に問うた。

幹次郎の形の四郎兵衛は即答できずしばし沈黙していた。そんな幹次郎と仙右衛門ふたりの問答を聞いていた相庵が、

「当代の四郎左衛門様はどう考えられるであろうな」

と訊き、驚いてふたりが相庵を見た。

「ご両人、人の口が軽くなるのは居酒屋、床屋、そして、医者の待合だぞ。患者はな、よう自分が見聞きしたことを喋っていきおるわ。それに仙右衛門とお芳の何げない問答を耳にしておると、厄介のタネは三浦屋の隠居の言動とわしでも気

づく」

「ふーん、医者を辞めても養父つぁんは会所に勤められるな」

「仙右衛門、長いこと伊達で吉原会所と付き合っておるのではないわ。そなたらふたりの会所奉公より長く先代の四郎兵衛様と付き合ってきたのじゃぞ」

「恐れ入りました」

　仙右衛門が養父に頭を下げた。

「番方、念のためだ。それがし、当代の四郎左衛門様に報告がてら、根郷様を糾弾することになるかもしれぬが、その覚悟があられるか念押ししてこよう」

「おお、明日の朝までにこの骸をどう始末すると決めねばなるまい」

「まず面番所に首吊りと報告するか」

「すると村崎同心が銭にならぬとみて会所に押し戻して始末させような。ともかくこの殺しが三浦屋絡みと隠密廻り同心に知られたくない」

　両人は頷き合い、裏同心に戻った幹次郎は三浦屋に向かった。

　深夜のうちに涼拓の骸は吉原会所に移された。

　神守幹次郎が会所に戻ってきたのは、九つ半（午前一時）過ぎのことだった。骸はすでに会所の土間の片隅、遠助の寝所近くに寝かされていた。

遠助は土間に骸が転がされて線香が手向(たむ)けられているのには慣れていた。が、いつもと違うのは骸と遠助の寝所の傍らの物置に布団を敷いた羅生門河岸の女郎の綾香が横になって線香を絶やさぬようにし、幹次郎が戻ってくると、

「ご苦労さん」

と迎えたことだ。

「そなた、二階部屋に寝なかったか」

「神守の旦那、羅生門河岸の住人が仲之町を見下ろす二階だなんて滅相(めっそう)もないよ。明日は弔(とむら)いかい」

「まあ、面番所同心の考え次第だが、浄閑寺(じょうかんじ)に骸を菰(こも)に包んで運ぶだけだ、男の無縁仏(むえんぼとけ)が一丁上がりというわけだ」

「なんだえ、わたしはあの世でもこの虚無僧といっしょかえ」

綾香ががっかりした顔をした。

御用部屋では、番方と澄乃のふたりが起きて待っていた。若い衆たちは眠りに就いていた。

「当代の気持ちはどうでしたね」

「それがしの話を聞いたあと、長いこと考えておられたが口を開いて、ただのひ

と言が返答でした」

「なんと申されました」

「私は隠居の根郷より元吉原以来の三浦屋の暖簾を守ります、と」

「となるとわれら吉原会所は、ただ今の三浦屋さんをお守りする方向で働くことになる。ということはわれらも四郎兵衛様の先代、仮ながら吉原会所の先の頭取だった人物と対決することになりますか」

根郷は先代の四郎兵衛が惨殺されたあと、短い間だが吉原会所の仮頭取を務めていた。

「番方、そういうことだ」

と幹次郎が応じた。

「神守様、それにしては時間がかかりました」

「澄乃、九代目は胸の中で幾たびも己と問答をして三浦屋の暖簾を守る決心をなさったのだろう。親子の縁を切る、いやさ、対立することが正しいかどうかあれこれと考えなさったのだろう。それがしに愚痴を聞いてくれと、幼きころの八代目との思い出話を漏らされたわ。今晩ほど、つくづく人ひとり生きていくことは難しいと思ったことはない」

「三浦屋と吉原会所の先代ふたりは、現役時代、官許の吉原にえらい功績がございました。四郎兵衛様は非業の死を遂げられ、四郎左衛門様は迷妄の道を歩まれますか」

と澄乃が言った。

幹次郎と番方のふたりが澄乃の問いを胸の中で思案し、期せずして同時に頷き、

「明日がある。番方、お互い少しでも横にならぬか」

と幹次郎が提案した。

「ご両人様、綾香さんですが、なにやかにやと言いながらも骸の世話をよくしておられます。そして、遠助の寝所近くで休まれるのが嬉しいと何度も漏らされました。生き物が好き、遠助が好きと幾たびも繰り返されました。会所に泊まるのが嬉しいのでしょう。向後どう致しましょうか」

と澄乃が漏らした。

「四郎兵衛様はどう申しておられる」

と番方が澄乃にとも幹次郎にとも知れずに質した。

「私はまだ綾香さんの会所での振る舞いについて話していません」

「ならば、それがしが明朝訊いておこうか」

と幹次郎が答えて、三人はそれぞれ短い仮眠を取ることにした。

翌朝、八代目頭取の形で御用部屋に入った四郎兵衛は仏壇と神棚の水を変え、瞑目して合掌した。

刻限は五つ（午前八時）に近かった。澄乃がお盆に茶を載せて姿を見せた。すると驚いたことに綾香が従っていた。

「おお、起きていたか」

「四郎兵衛様、綾香さんが羅生門河岸に戻ると申されております」

と澄乃が言った。

茶碗を手にしばし思案した四郎兵衛はひと口茶を喫すると、

「朝の茶がこれほど美味いとは」

「綾香さんが四郎兵衛様のために淹れてくれました」

「そうか、澄乃でもなく玉藻さんでもないとは思うていましたが、綾香さんが淹れましたか。なんとも口に甘みが残る茶ですよ」

「四郎兵衛様、羅生門河岸と違い、会所の茶葉が上等だからです」

と応じた綾香が、

「涼拓さんのお陰でわたしは吉原会所の屋根の下にひと晩泊まることができました。四郎兵衛様、これにて失礼致します」

と座敷の端っこから四郎兵衛に両手をついて頭を下げた。

「大荷物持参で会所に来たそうな」

「大した荷ではありませんが全財産でしてね」

と綾香が笑った。

「綾香さんや、涼拓さんの骸がまだ会所の土間にございますよ。急いで羅生門河岸に戻ることもありますまい。騒ぎが落ち着くまで会所を手伝ってくれませんか」

と願った。

「えっ、四郎兵衛様、宜しいのですか」

「それとも羅生門河岸の切見世に早々に帰らねばならぬわけがございますかな」

「いえ、わけなどなにもありませんよ」

「ならばしばらく会所の手伝いをしていなされ。差し当たってこの刻限、仲之町に小梅村の百姓衆が野菜などを売りに来ておりましょう。会所の仏壇と神棚、それに涼拓の枕元に供える花を購ってきませんか。澄乃、そなたが付き添っていきなされ」

と四郎兵衛が命じた。

「は、はい」

とふたりの女衆がいそいそと表へと出かけていった。

会所の若い衆が寝泊まりする二階部屋から下りてきた仙右衛門が、

「澄乃と綾香はウマが合うようですな」

と笑った。そして、

「かなり昔から羅生門河岸の綾香姐さんは承知ですが、初めて素顔を拝ませてもらいましたよ。女郎の化粧よりずっと若々しくてようございますな」

「私どもは遊女衆とは化粧顔で付き合いますで、真の姿を知らなかったのではありませんか。かようなことがないかぎり、羅生門河岸や西河岸の女郎の一面しか見れませんからね」

「四郎兵衛様、いかにもさようです」

と応じた仙右衛門が、

「わっしが面番所に涼拓の一件で掛け合ってきます。宜しゅうございますか、四郎兵衛様」

「未だ隠密廻り同心は出勤しておりますまい」

「それが近ごろ八丁堀の役宅にいたくないのか、村崎同心、えらく早く出てきましてね。面番所の奥座敷でひと眠りするんですよ」

「それは知らなかった。ならば番方の口説きに期待しましょうかな」

「虚無僧の涼拓が羅生門河岸に住み暮らしていたことすら、村崎同心は知りませんよ。三浦屋の隠居の密偵のごとき役目を涼拓が務めていた一件は省いて、一応の流れは話してきます。骸を確かめに会所に来るかどうか」

と番方が言い残して頭取の御用部屋から姿を消すと、入れ替わりにふたりの女が菊の花や榊を手に戻ってきた。

「四郎兵衛様よ、わたしゃ、長年廓内に住み暮らしてきたが、こんな刻限に仲之町に八百屋や花屋が出るなんて初めて知ったよ。吉原も捨てたもんじゃないね」

と綾香が笑みの顔で言いながら、廊下で仏壇と神棚に飾る仕度を始めた。

「綾香さん、私、桶に水を汲んできます」

澄乃が会所の水場に向かった。

「綾香さんや、そなた、羅生門河岸の仲間に銭を貸しておるというのは真かな」

と不意に四郎兵衛が問うた。

「おや、八代目はわたしの裏商いを承知でしたか。神守の旦那ならば察しておられましょうが、四郎兵衛様も承知とはね」

と綾香は苦笑いした。

「一々説く要もないが、裏同心と頭取は一人二役ですからね、まあ、阿吽の呼吸で承知と言っておきましょうか」

と四郎兵衛が応じて、

「綾香さんや、そなた、近ごろ女郎の務めはしておりませんかな」

「いえ、何人か馴染の客がおりますので、女郎としての務めはある程度」

「なしていますか」

「はい」

綾香が答えたところに澄乃が木桶に水を汲んできた。小脇には折り畳んだ油紙や雑巾を器用に挟んでいた。

「澄乃さん、木桶をもらうよ」

綾香が澄乃から受け取り、澄乃が廊下に油紙を敷いた。

「綾香さん、女郎の務めと金貸しの仕事、どちらが実入りは多うございますな」

「仲間に銭を貸しても利は取りませんからね、実入りはありません」

　と綾香が言い切り、澄乃もそのことを聞いていたか頷いた。

「おや、それでは商いとは呼べませんな。馴染の客相手の稼ぎだけで食っておられますかな」

　仏壇の花を花瓶に活ける女ふたりが四郎兵衛を眺めた。

　澄乃の顔には不安というか懸念があった。四郎兵衛がなぜ承知のことを執拗に訊くのかという表情だった。

「四郎兵衛様、こりゃ、お調べですか」

　と綾香も尋ねた。

「調べられる真似をしておりますかな」

　綾香が榊に手を伸ばして、

「わたしが金貸しをしていることが四郎兵衛様はどうやら気に入らないかね」

　と自問自答した。

「いえね、そなたが小銭貸しの元手をどうして得たか、何年も前に裏同心から聞いて承知です。銭を貸して利を取っていないことも承知です。仲間は大助かりでしょうな、澄乃」

　四郎兵衛の問いが澄乃に向けられた。

「は、はい。廓内の女郎衆が金子に困って仲間から金を借りるのは珍しくありませんし、当たり前です」

「いかにもさよう。ですが、利を取らない金貸しは金貸しではありませんな」

「まあ、さようです」

澄乃は四郎兵衛に応じる他はなかった。そして、澄乃は四郎兵衛がなにを考えているのか、ふだんと違う様子に戸惑っていた。

「四郎兵衛様や、羅生門河岸のわたしの暮らしが御免色里の法度（はっと）に触れますかね」

綾香が四郎兵衛に反問した。

「綾香さんや、羅生門河岸や西河岸の切見世商いに、法度などないに等しゅうございます。ということはなにをやってもいい」

「はあ」

綾香が訝（いぶか）しくも生（なま）返事をした。

「まあ、切見世の女郎は、客の揚（あ）げ代を抱え主と四六（よんろく）か五五（ごぶごぶ）で分けるのが習わしですな。そなたのところは四六かな、それとも五五かな」

「四郎兵衛様はすでに承知のはずですよ。何年も前、わたしは抱え主から切見世を買い取りました。ゆえに客から頂戴した分が、わたしの稼ぎになります」

綾香の返答に四郎兵衛が大きく頷いた。そして言い放った。

「綾香さん、そなたが羅生門河岸の切見世に住み暮らさねばならぬ曰くはございませんな」

「出ていけと申されますか、四郎兵衛様」

「もうひとつ訊いてからそなたの問いに答えましょう。宜しいかな」

綾香が頷いた。

「そなたが羅生門河岸から出ていくとして仲間に貸した金子はどうしますな」

「四郎兵衛様、すべて合わせてもさほどの大金ではありません。もしわたしが羅生門河岸を出ていかねばならないなら、貸金はなかったものと思うことにします」

「ほう、それはなんとも寛容ですな」

と言った四郎兵衛の、

「綾香さん、最前の問いへの返答です。大荷物を担いできたようですし、わざわざ用事もない羅生門河岸に戻る要はございますまい。吉原会所に暮らしなされ」

との言葉に女ふたりが顔を見合わせた。

三

そこへ仙右衛門が面番所から戻ってきた。大門を挟んで面番所と吉原会所の距離、せいぜい二十数間（約四十メートル）であろうか。だが、番方の用事は四半刻以上もかかった。

「番方、面番所は遠うございますな」

「いえね、四郎兵衛様、面番所の敷居を跨いでからが広うございましてな、かような時がかかりました」

町奉行所の同心・小者が詰める面番所が広いわけもない。

「どういうことですね」

四郎兵衛と仙右衛門の問答を澄乃と綾香のふたりも何となく聞くことになった。

「村崎隠密廻り同心、八丁堀の役宅がよほど居心地悪いか、朝餉もなしに飛び出してきたそうな。面番所の奥の間でふてくされて寝込んでおりましてね、全く起きようとはしないんですよ。わっしが御用の筋と言うても、どのような筋か小者に聞かせて、羅生門河岸の虚無僧涼拓が首吊りだ、検視を願うと言うても、姿を見せようともしないんですよ。わっしは渋茶を何杯も飲んで、ようやくあやつがだらしない恰好で姿を見せたが……」

「仙右衛門、そのほう呆けておらぬか。羅生門河岸は、下級のすべた女郎が一ト切百文で身売りするところじゃぞ。さようなところに物乞い風情の虚無僧が住んでおるわけもあるまい」

「村崎様よ、それが大昔から巣くってやがるのさ。姓は知らないや、名は涼拓、こやつがね、埒の中で首を括って死んだ」

「おい、世を儚んで首吊りした虚無僧をどうしろというのだ。そちらで勝手に始末せよ。その程度のことは新米の四郎兵衛が率いる吉原会所でもできようが」

と言い放った。

虚無僧風情の首吊りなど一文にもならないと見切った顔つきだ。

仙右衛門はしばし間を空けて、

「村崎様よ、それがな、自死に見せかけた殺しと思えるのだ。殺しとなるとやはり面番所の出番だよな」

「ま、待て。だれがさような面倒を決めつけた」

「おお、わっしは昨夜家に戻っていたのさ。そこへ報せが入った。そしたらな、養父の相庵先生が、わしもいっしょに吉原に行き、検視しようと言い出したのだ」

「年寄り医者め、わざわざ面倒を招く真似などしなくてもいいではないか。これだからやぶ医者は困る」

と言った村崎同心は、相庵が仙右衛門の養父と思いついたか、

「やぶ医者だけ余計だったか」

と小声で言い訳した。

「村崎様よ、ひと言もふた言も余計だったな。会所としては丁寧にも手順を踏んだだけですぜ」

「わ、分かった。ともかくだ、柴田相庵にも検視の間違いはあろうじゃないか。羅生門河岸の塒など灯りはまともにあるまい。目が弱った相庵の診立て違いということで始末せよ」

「骸はうちの土間に転がっているんだぜ。こちらに運んでこようか」

「番方、面倒をかけるでない。首吊りで自裁、浄閑寺の無縁墓地に会所の手でさっさと投げ込め。一件落着だ」

「村崎様よ、人ひとりが死んだのだ。うちが関わった男の骸だ。女郎と違って投込寺といっても勝手に浄閑寺の無縁墓地に投げ込むわけにはいくまい。近ごろ、あれこれとうるさくてな。面番所の書付を要求するんだ。一筆認めてくんな」

「そんなことも吉原会所はできんのか」

「うちが人の生き死にの書付を出せるかどうか、おまえ様も承知だろうが」

「くそっ」

と言った村崎同心が小者のひとりに、

「おい、廓内で死んだ者に出す書付があったな。わしの名を自署しておる、あとの文句は適当に会所で書き足せと言え」

と何枚か持ってこさせ、

「南町奉行所隠密廻り同心吉原面番所村崎季光」

と仰々しく武骨な書体で認めた書付を渡した。

「浄閑寺に渡す布施はどうなる」

「仙右衛門、無縁仏に布施なんて要るはずはないわ。要れば会所がなんとかせよ」

「村崎様よ、長年の廓暮らしの虚無僧たって一応人だからな、手続きをしないと、あとで差し障りが出た折りに厄介だぜ」

「身内もおらん虚無僧が自死したんだ、すべて事は終わった。あとは会所で始末せよ」

「村崎同心様よ、骸をひと目確めなくてよいか」

と仙右衛門があれこれと念押しした。あとで吉原会所に迷惑がかからないようにだ。

「よい」

と喚いた村崎季光が、

「わしはもう一度寝直す」

と奥の部屋に戻っていった。

「四郎兵衛様、そんな具合でございましてな」

「ならば昼見世が始まる前に浄閑寺に運び込もうか」

仙右衛門から村崎同心の自筆の書付を受け取った四郎兵衛がなにがしか布施を差し出した。

「よし、金次、大門傍に大八車を一台用意してな、骸を運び出すぞ」

と番方が金次らに命じて、差し当たって羅生門河岸の虚無僧涼拓を投込寺に運び埋葬をなすことになった。

綾香と澄乃が御用部屋を辞去し、四郎兵衛と仙右衛門のふたりだけになった。

「さて、これからが私どもの仕事ですな。三浦屋の隠居が使っていた探索方、三人を調べさせますか」

「残りの三人、裏同心ふたりに手分けしてもらいましょう。なんとしても今日じゅうに目処をつけとうございますな」

と仙右衛門が言い、四郎兵衛が頷いた。


神守幹次郎と嶋村澄乃のふたりは、今戸橋の船宿牡丹屋で猪牙舟を都合した。船頭は老練な政吉が仕事に出ているとかで、陸に上げた猪牙舟の舟底の手入れをしていた政吉の孫の磯次が吉原会所の裏同心ふたりに従うことにした。

手入れを終えた猪牙舟にふたりを乗せた磯次が、

「澄乃さんよ、どこへ行くよ、上かえ下かえ」

と今戸橋を潜った辺りで舟を隅田川の上流に向けるか下流に向けるか訊いた。

「磯次さん、本所よ」

「へえ、本所ったって広いぜ」

「外手町の三つ又辺りに着けて」

「外手町の三つ又な、合点だ」

と請け合った磯次が隅田川の向こう岸へと舳先を向けて流れに乗せた。外手町は普賢寺のある北本所番場町の近くにあった。

先代の三浦屋の四郎左衛門が密かに探索などに使っていた四人のうち、廓外には隅田川の左岸の北本所番場町に仲次なる小間物屋がいた。だが、番方も小間物屋の仲次を知らなかった。ということはただ今は小間物屋として吉原に出入りしているとは思えなかった。

「北本所番場町といっても鉤の手に結構広がってましたね。店が直ぐに分かりますかね」

と澄乃が言い、

「小間物屋の仲次で直ぐに探し当てられるといいんだが」

と幹次郎が応じる声に、磯次が何気ない調子で、

「おふたりさんよ、小間物屋たって店持ちじゃねえや」

「えっ、承知なの、小間物屋の仲次を」

「おうさ、小間物屋というよりもよ、女郎衆の櫛が折れた折りに接ぎ修理する職人だぜ。番場町に池があらあ、その傍らの普賢寺の長屋に住んでいらあ。爺ちゃんと古い知り合いなんだよ、普賢寺の長屋といえば直ぐに分かるぜ」

「おお、政吉大明神だな、最初から幸運に恵まれたな」

「ついでに磯次様々ですね」

ふたりの同心が船頭が磯次に当たったことを喜んだ。

たしかに普賢寺の長屋では仲次が板の間で飾り物の櫛や笄などの傷がついたところを手直ししていた。長屋の前に立ったふたりを見た仲次が、

「おや、吉原会所の裏同心ふたりがご入来か。櫛接ぎじゃねえな、厄介ごとか」

と言った。

五十年配の仲次は小間物屋というより職人の顔をしていた。小間物屋が櫛の修理などをすることを承知の幹次郎だが、作業を見るのは初めてだった。

「われらの顔を承知ということは今も吉原に関わりがあるのか」

「いや、もはや手が切れた」

と言った仲次が作業の手を休めることなく、

「先代の三浦屋の旦那が隠居されたからね、もはや大門を潜ることはないな」

と言い切った。

「先代と長い付き合いのようだな」

「神守の旦那、わっしが吉原の三浦屋に出入りを許されたころのことさ、大籬の三浦屋に出入りが叶うと有頂天になったのかね、へまをしでかしてしまったんだ。三浦屋の出入りを断わられても致し方ないしくじりよ。それをな、八代目に就いたばかりの四郎左衛門様が、『こんどばかりは目を瞑ってやる』と許しをくれなすった。

その折りからわっしは小間物屋というよりは三浦屋の遊女衆の櫛笄なんぞの小間物の修理で食ってきたのさ。大門を潜ることは滅多にないが、三浦屋の先代とは繋がりを常に持っていたんだ」

と手際よく説明した。

「仲次どの、小間物の手入れをしながら、先代の四郎左衛門様の雑用を引き受けてこられたか」

「そうか、裏同心の旦那はそのことまで承知か。だが、神守様よ、八代目は隠居して根岸村に引っ越しなすったな。おれの雑用もどうやら終わったってことだ」

「近ごろのことだ、隠居所の根郷様から声がかかることはなかったか」

「ないね。隠居する間際、八代目から『おまえさんとの付き合いも終わった』との文をもらったし、『隠居所は教えない、訪ねることは許さない』とも書き添えてあったからね」

と繰り返した。

「その文はお持ちかな」

「読み終えたら焼却するようにとも記してあった」

しばし幹次郎は仲次の顔を正視し、

「未だお持ちということだな」

「さあ、どうかな」

と応じた仲次が、

「神守の旦那、わっしを訪ねてきた曰くを聞かせてくれないか」

「それ次第では文を見せてくれるか」

「話が先だ」

「よかろう。羅生門河岸に虚無僧の涼拓が巣くっておったが、仲間かな」

「涼拓が先代の三浦屋四郎左衛門様の用心棒兼雑用方というのは承知だ。遠目ながら見たこともある。何年も前のことだ、腕は立つと三浦屋の八代目から聞いたな」

「涼拓は羅生門河岸の塒で首吊りをして死んだ」

「あり得ないな」

と仲次が即座に言い切った。

「それなりの稼ぎを先代から得たはずだ。そんな涼拓が首吊りだって」

「われらも自死とは思うておらぬ。殺されたのだ」

「やっぱりな。で、わっしが殺したのではないかと推量して本所に来られたか」

「そんなわけだ」

「わっしは三浦屋の旦那の雑用をこの二十数年に幾たびか頼まれたが、殺しの頼みは受けたことがない。餅を搗くのは餅屋が決まりだ」

「それがしもそなたと会ってそう確信した」

「ならば用事は終わったな」

「われら、そなたのところを訪ねた曰くを先に話したぞ。約定だ、根郷様の文を見せてくれぬか」

「約定した覚えはないが」

と言いながら、小間物の具材や修理の道具が入っている棚の引き出しから一通の文を取り出した。

「おまえさんがたがうちに姿を見せてよ、こいつはわっしの命を守る文かもしれねえと思ったぜ。この場で読むだけだ」

首肯した幹次郎に渡した。

幹次郎はまず無言でふたりの問答を聞いていた澄乃に渡した。

「女裏同心がいるとは聞いたが初めて面を拝ませてもらった。御免色里の花は女郎だがな」

と文を読み始めた澄乃に仲次が言い放った。

文から視線を離すこともなく澄乃が、

「『箱根山　駕籠に乗る人　担ぐ人　そのまた草鞋を　作る人』との俚諺をどなたかに教わりました」

と告げた。

「神守様と同じく腕利きか」

「仲次どの、澄乃に手を出すと取り留めた一命を失うことになるわ」

と言い放った。

二度ほど長くもない文を読んだ澄乃が幹次郎に戻した。幹次郎も一読すると、幾たびか見たことのある三浦屋の先代八代目、ただ今の隠居の根郷の筆跡と判断された。

　幹次郎が文を畳みながら澄乃を見ると、こくりと同輩が頷いた。

「仲次どの、涼拓を始末した者に心当たりないか」

「思い当たらないな」

　と即答した。だが、その顔に迷いがあった。

「先代の三浦屋の主がわれらも知らぬ密偵を四人抱えていたそうだな。ひとりは虚無僧の涼拓、ふたり目は、小間物修理の職人の仲次どの、そなただ」

「どうせ残りのふたりも承知なんだろ、裏同心の旦那」

「ああ、三人目は元吉原のあった葭町(よしちょう)に住む代書屋の吏三郎(りさぶろう)、そして四人目が霊岸島新堀(れいがんじましんぼり)に浮かべた荷船を住処(すみか)にしている剣術家一ノ瀬忠興(いちのせただおき)とか」

　仲次が思わず驚きの眼差しを幹次郎に向けた。

「だれから聞きなさった。大した腕前だね」

「こいつは裏同心稼業の秘密でな」

　と言った幹次郎だが、当代の三浦屋四郎左衛門自らが信頼する番頭と遣手の口を割らせた場にいて承知したことだった。

当代は先代の商い、大籬の三浦屋の裏をすべて知り尽くした人物だが、これは隠居の根郷が当代の商いの仕方にまで口を挟むようになって、番頭と遣手ふたりの証言を聞いて判明したことだ。さらに先代時代の書付や証文のすべてを見直して、先代から老舗の妓楼と関わりがなさそうな四人にそれなりの大金がこの二十年余に幾たびか渡っていることを把握したのだ。

「ふーん」

と鼻で返事をした仲次が、

「これから葭町の代書屋吏三郎を訪ねるかね。それとも霊岸島新堀の一ノ瀬忠興を見に行くかね」

「なんぞ知っていることがありそうな」

「もはやふたりしておりますまいな、いえ、わっしの推量だがね」

「われらが訪ねても無駄かな」

「まずそう思うね」

ふたりの家と荷船を仲次が訪ねたとは思えなかったが、仲次はそう言い切った。

幹次郎は澄乃を見た。頷き返した澄乃が、

「仲次さんの言葉を信じて無駄にふたりを訪ねますまい」

「おお、女裏同心は賢いな」

「褒め言葉有難う。ひとつだけ訊いていいかしら。虚無僧の涼拓さんの口を封じたのは、代書屋の吏三郎と剣術家の一ノ瀬忠興と思っていいかしら」

　ふっふっふ
　と笑った仲次が、

「おまえさんがたがうちから消えたら、おりゃ、どこぞに身を隠すぜ。おまえさんがたの動きには見張りがついていると思っているのさ」

「つまり、涼拓さんはふたりに始末されたのね」

「女裏同心さんは嶋村澄乃といったかね、わしゃ、そう思うているがね」

「怖いわね、知らぬふりしてなんでもご存じね」

「いくら注意していても損はないからな」

　幹次郎と澄乃のふたりは磯次の猪牙舟に戻った。

「次はどこだえ、神守様よ」

「澄乃に訊くがいい」

　と幹次郎が答え、磯次の視線が澄乃に向けられた。

「霊岸島新堀端に剣術家一ノ瀬忠興が乗っていると思しき荷船を見つけるの」

「あいよ」

と磯次が猪牙舟の舫いを解き、流れに乗せた。

日本橋川の下流霊岸島新堀に一ノ瀬の暮らす荷船からも、それに葭町の吏三郎の小体な借家からも、剣術家と代書屋の姿は掻き消えていた。

新材木町の入堀に泊めていた磯次の猪牙舟にふたりは戻りながら、無言だった。

幹次郎が足を止めて、

「ふたりが涼拓を殺したとなると、だれが命じたのであろうか」

と呟き、

「さあ」

と返事した澄乃だが、ふたりの裏同心の頭にはひとりの人物の姿があった。

ふたりはそのことを口にすることなく、磯次に今一度北本所に戻ってほしいと澄乃が命じた。

「はいよ。どうやら、探索はうまくいってねえか」

「そんなところね、磯次さん」

ふたりが小間物屋に戻ると、普賢寺の長屋はすっかりと掃除されて、飾りものの修理をしながら暮らしてきた仲次の姿は掻き消えていた。仲次はどこぞに別の隠れ家を持っていると思えた。

「ふうっ」

と力なく息を吐いたふたりは吉原会所に戻ることにした。

四

「いよいよ厄介になりやがった」

澄乃から話を聞いた仙右衛門がこう告げた。そこへ神守幹次郎が八代目頭取四郎兵衛に形を変えて御用部屋に戻ってきた。

「四郎兵衛様、三浦屋のご隠居と関わりを持ったひとりの虚無僧が殺され、残りの三人は神守様も澄乃も知らないところへ身を隠した。大雑把に言うと、それがわっしら会所が知る現況ですかえ」

と四郎兵衛に仙右衛門が質した。

「生きておる三人のうち、小間物の手入れをしていた仲次が虚無僧涼拓の首吊りに関わりを持っているとは思えない。考えられるのは一ノ瀬忠興と代書屋の吏三郎のふたりだろう、そう考えてよいかな」

四郎兵衛は澄乃に念押しするように言った。

「ただ今も番方に説明申し上げましたが、仲次が首吊りに偽装した涼拓殺しに関わっているとは到底思えません」

「となると残りのふたりの所業ということになるか」

澄乃が頷き、

「仲次を含めた三人は、それなりの金子は持っていると思えます。江戸に別の隠れ家を持つことも、江戸の外へと雲隠れすることもできましょう。路銀(ろぎん)に困りはしますまいからね」

と言い添えた。

この金子がどこから得られたものか澄乃は触れなかった。

「三人ともに江戸から離れているとは思えません。もっともなんの証しのある話でもありません、推量です」

と言い残した澄乃が御用部屋から立ち去った。吉原会所の幹部ふたりにはさらに踏み込んだ話があろうと考えてのことか。

「八代目の考えはいかがで」

早速仙右衛門が質し、

「私もふたりの裏同心から話を聞いてそう思うた」

と四郎兵衛が賛意を示した。

「となると吉原会所としては根岸村の隠居に話を聞かざるを得ませんな。それとも未だ状況が曖昧ゆえ様子をみるか」

番方が自問する体で四郎兵衛の思惑を質した。

仙右衛門とふたりだけになって、初めて瞑想した四郎兵衛が、

「これ以上三浦屋当代の考えをお聞きしたとしても、『三浦屋の暖簾を守る』と昨日私に答えられた返事を繰り返されると思われる。となるとこの段階で三浦屋を騒がすこともございますまい」

仙右衛門の問いに微妙に話柄を変えて四郎兵衛が応じていた。

「となると残された策は四郎兵衛様と根岸村の隠居との面会だけですぜ」

と最前の思案を繰り返した。

「番方は、その時期と思われますかな」

「ううーん」

と呻った仙右衛門もはっきりとした決意を口にできなかった。いや、迷ったの

ち、口を噤（つぐ）んだ。

「番方、妙な人物とはいえ、人ひとりが廓内で殺されている一件です。吉原会所としては殺しの疑いがあれば調べはせねばなりません。されど先代の三浦屋の主に遠慮するわけではないが、この四郎兵衛が隠居の根郷様と面談してこちらの手のうちを曝（さら）して問うたとしてもあっさりと否定される可能性が高うございますな、となると羅生門河岸の首吊り偽装の殺しは下手人を挙げぬまま一巻の終わりとなる」

「いかにもさようです」

四郎兵衛と仙右衛門が顔を見合わせた。

吉原会所の新参の八代目と廓生まれ廓育ちの番方とは立場が違い、考えも違った。

四郎兵衛は番方の「主」だが、新米の頭取に過ぎなかった。

一方番方の仙右衛門は、八代目の四郎兵衛の何倍もの廓の空気を吸ってきた老練の吉原っ子で御免色里通だ。

両人の頭の中には知多者の出にして元吉原以来の大籬三浦屋の主だったころの根郷の、

「威勢」

が刻み込まれていた。

四郎兵衛は陰の人、裏同心の神守幹次郎ならばどう動くか考えた。だが、一人二役のひとり神守幹次郎が強引に動いたとしてもよい結果が出るとは思えなかった。

対面するふたりの口から期せずして吐息(といき)が漏れた。

そのとき、澄乃の姿は引手茶屋山口巴屋の台所にあった。

大勢の女衆の中に羅生門河岸の女郎綾香がいて、手慣れた動きで手伝いをしていた。切見世にいた折りよりも若々しくずっと楽しげだと思った。

「綾香さん、茶屋の手伝いですか」

「手伝いというよりさ、邪魔をしているってとこかね。わたしゃ、深川育ち、大勢が集まるお祭りなんぞが子供の時分から大好きでね、引手茶屋の山口巴屋の台所にいるのが嬉しくってしようがないのさ」

と綾香が応じた。すると山口巴屋の女衆の中で一番古手(ふるて)のお時(とき)が、

「綾香さんはなかなかの働き者だよ。うちらの仕事の下ごしらえをさっと呑み込

んで手際よく手伝ってくれるのよ」

　と褒めた。

　お時は大勢の女衆の中でも無口で地味な気性(きしょう)だが、女主の玉藻がしっかり者のお時を信頼しているのを澄乃も承知していた。そして、山口巴屋の女衆は、綾香が首吊り騒ぎに関わったわけではなく巻き込まれたことをなんとなく察していた。むろん、四郎兵衛から玉藻に話が通ってもいた。

「お時さん、有難うさん、羅生門河岸の半端者を一時(いっとき)とはいえ快く受け入れてもらえて嬉しいよ」

　綾香が笑みの顔で言った。

　澄乃は羅生門河岸にいたときと別人のように綾香の表情が明るくなったと改めて思った。

「そうだ、綾香さんよ、羅生門河岸を訪ねたいと言っていたね」

　とお時が澄乃に聞かせるように言った。

「ああ、澄乃さん、羅生門河岸を慌ただしく出てきたからさ、いつ帰ってもいいように掃除くらいしとこうかと思ったのさ」

「わたしゃ、初めて羅生門河岸の女郎さんと口を利いてさ」

「同じ人と思ったかい」

とお時の続く言葉を横取りした綾香とふたり、顔を見合わせて笑った。

そんなふたりの女の出会いを澄乃はなんとかできないものかと余計なことまで考えた。

「綾香さん、私も付いていっていい」

「お調べかえ」

「掃除の手伝いですよ」

「澄乃さんさ、切見世の広さを承知なんだろ」

「はい、十二分に。綾香さん、部屋の広い狭いは住む人の気持ち次第です」

「ほう、そんなもんかね。ならば手伝ってもらおうか」

と綾香が言い、澄乃が、

「お時さん、綾香さんをちょっとお借りしますよ」

と断わって山口巴屋の裏口から蜘蛛道を天女池のほうに澄乃が誘って歩き出した。

「わたしゃ、西河岸の蜘蛛道を歩くのは初めてだよ」

と言った綾香が、

「涼拓さん殺しの探索は進んでいるのかえ」

綾香は涼拓の首吊りが偽装された殺しと承知していた。

「それが、行き詰まりよ」

と澄乃は言うと五丁町のひとつ、江戸町一丁目の通りを横切った。

綾香は江戸町一丁目の賑わいに出る前に手拭いでふきながしにして顔を覆った。

官許の五丁町でも妓楼がある数は、江戸町一丁目、江戸町二丁目、そして京町一丁目が多く、大籬もこの三丁に集中してあった。

澄乃の案内で綾香は江戸町一丁目の蜘蛛道に入り、次に空が見える場所に出たのは天女池だった。

夜見世前だ。

天女池に人影はなかった。

「ここはどこだえ、まさか吉原の外じゃないよね」

「綾香さん、廓の内よ」

「夢にも出てこない極楽が吉原にあるなんて知らなかったよ」

「綾香さん、羅生門河岸からこちらに来るためには仲之町を横切らねばなりませんよね」

「ああ、羅生門河岸の女郎仲間は仲之町のことを吉原の越すに越されぬ大井川だと言い合っているよ。魂消たね、吉原の大井川を渡ったら極楽があるなんて」

澄乃は綾香をお六地蔵の前に案内して、手拭いを外した綾香と澄乃は手を合わせた。

「このお六地蔵の曰くは吉原の女郎さんに絡んでいるの。いつの日か、だれかからその曰くを聞かされるわ」

と澄乃が言い、色づいた老桜の下の切株に連れていった。

「綾香さん、羅生門河岸の切見世を訪ねるのが少し遅くなってもいい。私、行き詰まりになった涼拓さんの首吊り騒ぎの探索の模様を聞いてもらいたいの」

「わたしゃ、澄乃さんがたに話した以上のことは知らないよ」

「いいの、私の聞き役になってくれれば。騒ぎが行き詰まりになった折りは、決まってこちらの考えが整理されていないときよ」

「わたしが聞き役になるといいことがあるかね」

「あるわ、きっと」

澄乃は大籬三浦屋の名だけぼやかしてこれまでに判明したことを手際よく話した。すると話を聞いた綾香が、

「澄乃さんや、おまえさんは名を言わなかったが、隠居した先代というのは三浦屋の八代目のことかえ」

と問うた。

「よくお分かりになりましたね。ご隠居は短いながら吉原会所の仮頭取を務めておられました。この際、知った情報を利しておられるのはただいまの吉原会所には厄介極まりない事態です。ですが、根岸村の隠居が殺しに関わっている証しはありません」

と澄乃が打ち明けた。

綾香が長いこと沈黙した。

「綾香さん、なんぞ思いつきませんか」

「吉原会所は、三浦屋の先代の行動に振り回されているね。いったん忘れることはできないかね」

澄乃がこんどは沈黙した。そして、

「しばし羅生門河岸の首吊り騒ぎを忘れろと申されますか」

「いえ、わたしが考えるにふたつばかり吉原会所が調べ忘れたことがありますよ。ひとつはかど湯の腰掛、涼拓さんは廓内の湯屋に行ったことはないはずだよ。それが脚台に使われたとしたら、他人が用意したということですよ」

綾香の言葉に大きく頷いた澄乃が、

「もうひとつはなんでしょう、綾香姐さん」

「おや、会所の裏同心が姐さんと呼んでおくれかね」

「はい、綾香さんは伊達に羅生門河岸にいたわけではないと思いました」

「伊達もへちまもあそこしかいる場所がなかっただけだよ」

と言った綾香がしばし天女池を見回した。

その眼差しに澄乃がつい騒ぎと関わりないことを漏らした。

「未だ薄墨太夫が三浦屋におられた折り、薄墨様は本名の加門麻様としてこのお六地蔵の前で神守幹次郎様とよう会っておられました」

「おや、そんなことが」

「はい。今は神守様と汀女先生の家の離れ屋に麻様は身内として住んでおられます」

「その噂は聞きました。真だったんだね、吉原にも廓を出て幸せを摑む女郎もいる」

「はい、おられます」

綾香がいつの間にか昼見世が終わった時分の天女池を見回して、

「澄乃さん、涼拓さんが着せられていた京友禅を調べなされ」

と不意に言った。

「なんと、私たちはどなたかの存在に惑わされふだんの探索の基を忘れていたのでしょう。大事な調べの一歩をせよと綾香さんに教えられました」

と澄乃が愕然とすると同時に綾香の指摘を感謝の気持ちで受け止めた。

「天女池を十分楽しませてもらいました」

と切株から立ち上がった綾香が、

「澄乃さん、念を押します。わたしゃ、羅生門河岸を出ていいんだね」

「すでに会所に住んでおられますよ」

「ならば吉原会所に戻りましょうかね」

女ふたりが言い合って天女池をあとにした。


角町には大見世はなく中見世（半籬）と小見世十軒ほどの妓楼で成り立っていた。中規模の湯屋かど湯は、そんな角町の蜘蛛道の奥にひっそりとあった。

綾香を会所に送り届けた澄乃はその足でかど湯を訪ねた。会所の名入り半纏を着た澄乃は手に腰掛を持ち、湯屋の裏口から釜場（かまば）に入った。

すると男衆が薪（まき）割りをしていた。かど湯の主の壮太郎（そうたろう）だ、歳は三十二、三だろうか。

澄乃はこれまで壮太郎ともおかみさんの和布（わかめ）とも親しく話したことがなかった。

「おや、会所の女裏同心が珍しいな」

壮太郎が澄乃の手にある腰掛に視線をやりながら迎えた。中肉中背（ちゅうにくちゅうぜい）のがっちりとした体つきだ。

「壮太郎さん、この腰掛、こちらの湯屋のものではございませんか」

と手にしたものを見せた。

「うちの腰掛だよ」

壮太郎は即答した。

「廓に何軒か湯屋がありますね。どうしてこちらのものと即座に分かるんですか」

「だっておれが手造りした腰掛だもの、ひと目見て分かるさ」

「じゃあこれは客が買い取ったものですか」

「いや、そいつは買い取られたんでもなきゃ、持ってったのは客なんて、そんな野郎じゃないよ」

壮太郎が怒りの籠った口調で言い放った。

「だれですね」

「初めての客だがね、腰掛が気に入った、もらっていくと番台にいた女房に抜かしやがった。女房は初めての客ながら不気味な面構えの侍の言うことを、断われなかったんでさ。うちなんて小商いだよ、腰掛ひとつだって大事な商売道具だ」

「初めての客であることは間違いないかしら」

「間違いないよ。深編笠を被った侍は、腰掛を片手にぶら下げて持っていったそうだぜ」

「侍の名など分かりませんよね」

「それが分かってますのさ。いちのせただおき、と名乗ったとか」

はあっ、と驚きの声を漏らした澄乃は釜場に女房の和布を呼んでもらい、亭主の壮太郎が話したことを確かめた。

「間違いないよ、澄乃さん」

と澄乃の名を呼んで返事をした。

「すごくおっかない顔つきの侍でさ、あいつが押し込み強盗を繰り返していたと聞いても驚かないよ。そんな人相だったの」

「奴が来たのはいつのことです」

「きのうの店仕舞いの刻限、六つ半（午後七時）過ぎだったよ」

「なぜ一ノ瀬忠興と自分の名まで名乗って腰掛を持っていったんでしょうね」

「そんなこと、その侍に訊いてよ」

「和布さん、侍は大門か仲之町に向かったのかしら」

「いや、私も癪に障るからどこへ行くか見ていたのさ。するとね、羅生門河岸のほうへ悠然とした足取りで向かったのよ。局見世の客かね」

と湯屋のおかみさんが澄乃に言った。だが、澄乃がなにか言う前に、

「ああ、そんなことはどうでもいいわ。うちの腰掛、どこにあったのさ」

と和布が質した。

「和布さん、羅生門河岸で首吊りがあった話、聞いていませんか」

「ああ、知り合いの貸本屋がそんなこと話していたな」

「首吊り自殺した虚無僧がこの腰掛を脚台として使ったの」

「ひやっ」

と和布が叫んで、

「おまえさん、澄乃さんから返してもらったら釜で燃やしてよ。お客さんに出せないし縁起でもないわ」

と言い放った。

「おお、そうするか」

壮太郎は澄乃が腰掛を戻していくと思ったか、手を伸ばした。

「ああ、そうかい。殺しで使われたってことは、うちから腰掛を強奪していった侍が殺したのか」

「と、会所では推量しているわ。だけどなぜ首吊り自殺に見せかけて殺しなんかやったのか、今ひとつわからないの」

澄乃の言葉を聞いた和布が、

「おまえさん、その腰掛、やっぱり要らないわね。気持ちが悪い」

「ああ、縁起でもないな。会所でよ、用が済んだら処分してもらおう」

と夫婦が言い合った。

かど湯から腰掛を手に会所に戻りながら、虚無僧涼拓の首吊りに見せかけた殺し、なんとも妙な細工ばかりで、わざわざ首吊りを偽装した殺しの真相は、どこにあるのかと澄乃は頭を捻った。が、嫌な感じがするばかりで、かど湯の夫婦で

はないが、
（縁起でもないな）
と思った。

第四章　相克か信頼か

一

吉原会所に戻った澄乃は、引手茶屋山口巴屋と会所の下働きを自ら進んで務めている綾香に会い、かど湯の腰掛について分かったことを報告した。

この腰掛と京友禅について、会所が調べ忘れていると忠言したのは、綾香だったからだ。

「なに、かど湯から強引に腰掛を持っていったのは一ノ瀬忠興だったかえ」

綾香は驚いたという表情を見せた。

「綾香さんの忠言がなければ私たちはこのことを忘れていました。残るひとつの謎は、涼拓さんが着せられていた京友禅です。綾香さん、なんぞ知恵が浮かびましたか」

「わたしゃ、羅生門河岸の局見世女郎ですよ。そうそう知恵なんて浮かびませんよ」

と答えたものだ。その顔にはなんとなく新たな考えがあると澄乃は思った。

虚無僧の涼拓が着せられていた京友禅は、殺しの証しのひとつとして脱がされ、吉原会所に保管されてあった。古浴衣(ふるゆかた)を着せられた涼拓は、三ノ輪の浄閑寺の無縁墓地に埋葬されたのだ。

「あの友禅ね、四郎兵衛様に断わって会所の二階に干しましたのさ」

「えっ、私たち、そんなこと気づきませんでした」

「死人が着せられていた衣装だもの、少しでも気味が悪くないほうがいいと思ってね。だって吉原会所にとって大事な証しだろ」

「綾香さん、やはりなんぞ気づいたのではありませんか。こたびの一件、綾香さんに最初から世話になりっぱなしね」

ふっふっふふ
と笑った綾香が、

「羅生門河岸の女郎は、友禅と名の付く衣装なんてとんと縁がないからね。まずこたびの首吊り騒ぎは、京町一丁目の老舗大籬と関わりがあるとなると」

綾香はその先の言葉をあえて述べなかった。

「三浦屋さんに関わりがあるのは分かっていますがね、四郎兵衛様も神守様も、これまでの三浦屋さんとの付き合いを思ってこれ以上調べることを迷っておられる」

「吉原会所は、いつもこたびのように相手に気遣いをしながら調べをするのかね、澄乃さん」

「いえ、今回は格別ですよ。なんといっても官許の吉原を何十年にもわたって七代目頭取四郎兵衛様とともに率いてきた先代の三浦屋四郎左衛門様ですからね、手を拱いて躊躇しているのだと思います」

と澄乃は言い訳した。

「そのことが探索を難儀にしていないかね」

澄乃は綾香の問いに肯定するように頷き、

「どうしたものか」

と思わず漏らしていた。

「澄乃さん、おまえさんの身内に京友禅を着ていたお人がおられるじゃないか」

そう綾香に指摘された澄乃は、京友禅であれ加賀友禅であれ、勝手次第に着ることができたひとりの花魁を思い浮かべた。

そこで澄乃は四郎兵衛に会い、綾香に話したかど湯の腰掛の一件の報告とともに友禅についての忠言を告げた。

「こたびの一件、私どもが足踏みして調べが進まない分、綾香さんに引っ張られていますな」

と戸惑いの顔で応じた四郎兵衛が、

「どうですね、綾香さんを伴い、裏同心ふたりといっしょに麻の知恵を借りてみませんか」

「ならば柘榴の家に綾香さんを伴います」

と、澄乃がふたたび綾香と会うことになった。


四つ近く、神守幹次郎と風呂敷包みを背に負った澄乃は、大門を出て五十間道の途中から浅草田圃に入り、柘榴の家に向かった。

澄乃は柘榴の家に綾香を伴おうと誘ったが、

「わたしゃ、未だ羅生門河岸の女郎の身ですよ。大門を出ていいのかねえ」

と迷った。

深川生まれの律儀な女郎に、

「八代目頭取の四郎兵衛様のお許しがあるのですよ。切手も出すそうですよ」

と澄乃が言い添えた。

「うう一ん」

と呻った綾香に、

「全盛を誇った薄墨太夫様と羅生門河岸の女郎が顔を合わせるには、もうしばらく歳月がかかりますよ。今のわたしゃ、とてもじゃないが薄墨太夫の顔が拝めませんよ」

と強い口調で拒まれた。

「綾香さんは深川育ちの博奕打ちの娘だそうですが、律儀な女衆ですね。五丁町の遊女にも綾香さんのようなお方はそうおられません」

澄乃の言葉に幹次郎が頷いた。

「綾香さん、会所が友禅を詳しく調べるために、涼拓さんが着せられていた友禅を日陰干しにしてくれたのだと思います」

「こたびの一件、たしかに綾香さんが主導しておるな。われらはただただ尻を叩かれてかように動いておるだけだ」

　と幹次郎が言った。

　むろん吉原会所の探索が今ひとつ進まないのは、根岸村の三浦屋の隠居根郷に関わりがあると思われるからだ。

「神守様、この騒ぎ、どう始末をつければよいのですか」

「それが分からんで四郎兵衛様も困っておられるわ」

　と一人二役のひとり、神守幹次郎が答えた。

「私の背中の友禅が三浦屋の遊女のどなた様かと、あるいは先代と関わりがあったとき、四郎兵衛様はどう決断されましょうか」

「そのことよ、四郎兵衛様は頭が痛かろう。嫌でもこの涼拓殺しとの関わりを根郷隠居どのに質さざるを得ないからな」

「事と次第によってはただ今の三浦屋さんが悪い影響を蒙ることになります」

「いかにもさよう」

　早足のふたりはいつの間にか田圃越しに柘榴の家の灯りが見えるところまで来ていた。

「私が先に裏から入って表の門を開けます。神守様はゆっくりと寺町の通りからお出でください」

と小走りに先行しようとした澄乃を止めた幹次郎が、

「四郎兵衛様ではないわ。そなた同様陰の者が裏口から家に戻ったとて、なんの差し支えがあろう」

と幹次郎が言った。

そんなわけで浅草田圃の間の畦道を通って柘榴の家の裏戸を開くと飼犬の地蔵がすっ飛んできて、ひと暴れして主人と澄乃の帰りを喜んで迎えた。

ふたりして台所に通じた裏戸に入ると、

「おや、こんな刻限に裏同心おふたりさんが浅草田圃からお戻りですか」

と汀女が迎えた。

すでに柘榴の家では夕餉が済んだようで、おあきの跡片づけもほぼ終わった感があった。

幹次郎の眼差しが囲炉裏端に向けられた。

「姉上、おふたりさん、未だ夕餉を食しておられぬ様子です」

と麻が言い、

「おふたりさん、残りものですよ。まずは囲炉裏端に落ちつきなされ」

と汀女が幹次郎と澄乃に話しかけた。

「すまんな、かような刻限に騒がして」

「幹どのや澄乃さんがどのようなことでてんてこ舞いしているのか、私どもとくと承知ですよ」

と麻が言い、お膳ふたつの仕度を始めたおあきを手伝おうとして立ち上がった。

「麻、そなたに用事があってかような刻限に帰ったのだ。めしの前に見てもらいたいものがあるのだ」

との幹次郎の言葉に澄乃が背から解いた風呂敷包みを広げてよいかと麻と汀女のふたりを見た。

「おやおや、この刻限まで御用を務めておられますか」

と汀女が言い、

「麻、そなた、おふたりの御用に応じなされ。膳の仕度はおあきと私がしますでな」

と麻に代わって女主が台所へ向かった。

「麻、われら、涼拓なる虚無僧の首吊り騒ぎに難儀しておる」

と前置きした幹次郎は、骸が死に装束に古着の友禅を着ていたことなどを手短

に告げた。そして、

「その友禅をな、そなたに見てほしいのだ」

「死に装束の友禅をわたしが見てどうなりましょうか。友禅は古着屋が集まる富沢町ででも買い求めたものではございませんか。その友禅の出所を探るのならば、富沢町の古着屋が麻よりもようお分かりでございましょう」

ふたりの問答を聞きながら澄乃が風呂敷包みを膝に置いていた。

「澄乃、ここからはそなたが話してくれぬか。そなたの手柄で首吊りの脚台に使った腰掛の出所も分かったのだ。友禅も願おう」

と裏同心の弟子ともいえる澄乃を立てた。

「未だ手柄になるかどうか」

と独白した澄乃が膝の風呂敷包みを、

「この京友禅、三浦屋さんに関わる品かと思われます」

と言いながらゆっくりと広げた。

幹次郎も澄乃も涼拓が着込んでいた染織物をしっかりと広げて見たわけではない。骸は吉原会所の土間に移されて、死に装束を古浴衣に替えさせられていたのだ。

吉原会所の面々を含めて、友禅の絵文様をじっくりと見た人物は綾香ひとりかも知れなかった。

囲炉裏端に広げられた友禅があり、そこには艶やかな紅葉を背景に花鳥風月が散らされたなんとも豊かな色彩の乱舞と鳥や鹿などの動きある模様があった。

囲炉裏端に広げられた瞬間、台所の板の間が、ぱあっと明るくなった。

「おお、かように艶やかな模様であったか」

と幹次郎が驚き、おあきは、

「わあっ、きれい。この衣装を死人が着ていたのですか」

と漏らし、汀女は無言で凝視する麻を見ていた。そのことに気づいた澄乃が、

「麻様、もしやこの友禅に覚えがおありではございませんか」

と質した。

麻はなにか覚えを辿るかのようにひたすら見ていたが、不意にこくりと頷き、

「この『嵐山花鳥風月秋模様』は、宮崎友禅斎様の手になるものかと思います」

と呟いた。

「麻、宮崎友禅斎様とは、京友禅の豊かな絵文様を創った扇絵師でしたね」

「姉上、いかにもさようです。今から百年ほど前に友禅染を始めたのが宮崎友禅

斎様です」

「そなた、どちらでこの友禅を目にしました」

「それを思い出そうとしているのですが、どこでどう見たか、覚えていないのです」

　とすまなそうに言った。

「それならば無理に思い出すこともあるまい。のう、姉様」

「いかにもさよう。幹どの、それよりはこの見事な宮崎友禅斎様の絵の世界に浸(ひた)って酒(ささ)をいただかれませんか」

「おお、それはよき考えじゃな」

　と汀女と幹次郎が言い合い、麻が、

「澄乃さん、手伝ってくださいな」

　と座敷に向かい、ふたりして衣桁(いこう)を運んできて、麻が友禅を手慣れた手つきで掛けた。

「ふうっ」

　とため息が漏れたくらい、囲炉裏端に大輪(たいりん)の花が咲いたようであった。

「綾香さんをこの場にお誘いしたのですが、『羅生門河岸の切見世女郎が全盛を誇った薄墨太夫と同席するまでにはしばし歳月がかかる』とかそう言い訳なさって私の誘いに乗ってくれませんでした」

「もしかしたら綾香さんはわたしではのうて、この友禅と同席することを避けられたのではありませんか。ならば麻とて同じ気持ち、この宮崎友禅斎様の世界に、人の世において敵う者はおりますまい」

と言った。そこへおあきが酒と杯を人数分運んできて、一座の四人に酒を注ぐと、

「わたしはこれにて」

と酒席の場から自分の部屋へと戻った。おあきの就寝の刻限だった。

幹次郎らは艶やかな友禅斎の世界に献杯して杯を乾した。

ゆるゆるとした酒盛りが四半刻も過ぎたころ、幹次郎が、

「麻、この友禅をどこで見たか思い出したかな」

と質した。

「幹どのはすでに気づいておられましょう」

「それがし、これほどの友禅を見たのであれば決して忘れることはない」

「初めて見たと申されますか」

「われら、この友禅よりも着せられていた人物に目を向けてな、大事なことを見落としてきたのよ」

汀女が無言で麻を見た。

「この友禅、とある妓楼の宝物として床下の石蔵に格別な長持に入れて保管されていたものです。火事に遭った折りのことを考えてのことです」

と麻が言い、

「何年か前、麻が火事で妓楼に独り取り残された折りもこの友禅は、水を張った地下蔵にあったと申されますか」

と汀女が問うた。

「いかにもさようです、姉上」

と微笑んだ麻が幹次郎を見た。

麻はこの友禅が三浦屋の地下蔵に保管されていたと告げていた。ということは三浦屋の身内や限られた抱えの花魁しかその存在を知るまいと言っていた。

麻はむろん友禅をどこで見たか、しっかりと覚えていたのだ。だが、おあきのように若い娘を騒ぎに関わらせるべきではないと考え、最前は覚えていないと言ったのだ。

三浦屋の宝物がなぜ羅生門河岸の虚無僧涼拓の骸に着せられていたか。死に装束はだれに向けて、どのような意を伝えているのか。

三浦屋はいよいよ追い詰められたことになる。

(どうしたものか)

同時に吉原会所も決断を迫られていた。

澄乃が手にしていた杯の酒を呑み乾し、

「汀女先生、この友禅、一夜柘榴の家に預かってもらってようございますか」

「主は、そなたのお仲間、神守幹次郎にございますよ」

「神守様、私、引け四つ前、吉原に戻りとうございます」

「気にかかるかな、なぜ、三浦屋の宝物が表に出たか」

「はい」

「ならば願おう。会所も手薄ゆえな」

と幹次郎が澄乃に願った。

柘榴の家から澄乃が気配を消してしばらくしたとき、傍らに置いた大刀助直(すけなお)を摑むとゆっくりと立ち上がった。

「姉様、麻、戸締まりをして休みなされ」

と言い残した幹次郎も柘榴の家の裏口から姿を消した。

「あらあら、ふたりしてまた夕餉抜きですよ」

と汀女が言い、

「友禅には罪はないけれど、なんと人心を惑わす『嵐山花鳥風月秋模様』ですこと」

と麻が衣桁の友禅を見た。

澄乃は、浅草田圃から五十間道の途中に出ようと小川に掛かる橋に差しかかったとき、待つ人がいることを察した。それもひとりではなく複数だ。

腰に巻いた麻縄の端っこに右手をやった。

前後を囲まれたと感じたとき、浅草田圃でざわめきが起こった。

引け四つ前、いくらなんでも浅草寺から浅草田圃を通って五十間道に出る遊客はいない。来るならば日本堤を、駕籠を飛ばして見返り柳、衣紋坂を下って五十間道から大門前に飛び込んでいく。そのほうが遠回りであっても安全だからだ。

無言の争いが澄乃の正面と背後で起こった。

「どなた様か知りませんが、何用ですね」

と問うと、前方の五十間道の裏手にある外茶屋の建物の陰に潜んでいた面々の気配が薄れていった。

澄乃は振り返った。

幹次郎が助直の峰を返して構えていたが、鞘に納めた。

「どの輩かのう」

「遊客の懐を狙う連中かもしれません」

「それはあるまい」

幹次郎の答えに澄乃も賛意を示した。

「もしや、隠居の陰御用を務めていた代書屋の吏三郎と一ノ瀬忠興ではないか」

「私どもの動きを見張ってなにをしようというのです」

「澄乃、われらではなくあの『嵐山花鳥風月秋模様』の価値をだれかから知らされ、強奪しようとした」

と幹次郎が呟いた。

なんと、という言葉を漏らした澄乃が、

「どうなされますな」

と小さな土橋の上で幹次郎に訊いた。むろん柘榴の家を出た澄乃を待ち伏せしていた連中のことを幹次郎に問うたのではない。

「四郎兵衛様の決意にかかっておるわ。もはや根岸村のお方と直に話し合うことを先延ばしにはできまい」

「はい。できませぬ」

澄乃は幹次郎に向かって四郎兵衛の決意を問うていた。

一人二役の御仁はなにも答えない。

だが、根岸村の隠居根郷に会う前に確かめることがあると考えていた。それが先だ、と幹次郎は胸の中で決意し、

「四郎兵衛様に素直に相談申し上げよう。が、その前に」

と言い、ふたりはふたたび柘榴の家へと戻っていった。

二

翌朝、四郎兵衛は独り大籬の三浦屋に九代目の四郎左衛門を訪ねた。遊女たちが泊まり客を送り出したあと、二度寝と称して短い睡眠を取っている刻限だ。約定もなかったが即座に会ってくれた。

「親父と会いましたかな」

「いえ、まだお会いしておりません。その前に九代目に確かめておくことができましてな」

「ほう、どのようなことでございましょう」

四郎左衛門は全く心当たりがない風で訊いた。

「三浦屋さんには代々伝えられてきた家宝があるそうな。そのひとつ、京の扇絵師の宮崎友禅斎が関わった『嵐山花鳥風月秋模様』なる友禅が保管されていると聞き及びました」

「ほう、先代の頭取ならいざ知らず八代目の四郎兵衛様がそのことを承知でしたか」

としばし考えた主が、

「おお、加門麻様からお聞きになりましたかな」

「いかにも、麻の確認を取ってこちらに伺っております。およそ百年前、京で作られた染織物は今も三浦屋さんで保管されておりますかな」

「なんですと、宮崎友禅斎の友禅がうちにあるかどうかですと。久しく見ておりませんが地下の石蔵の長持にあるはずですがな。そんなことをどうしてお訊きになる」

四郎兵衛に問うというより自問した四郎左衛門の顔色が変わった。

「まさか、羅生門河岸で首吊りした虚無僧の涼拓が着ていた友禅がうちの『嵐山花鳥風月秋模様』というのではありますまいな」

「それを確かめてほしいのです、九代目」

三浦屋の当代は頭にあれこれと考えが散らかっている表情で沈思していたが、

「四郎兵衛様、わが限られた身内だけが知る友禅斎の衣装が外に出ることはまずありませんぞ。それは先の火事の折りも同じです」

「四郎左衛門様、加門麻はこちらにお世話になっておる折りに『嵐山花鳥風月秋模様』を見たそうな。その麻に確かめてもらいました」

「な、なんと。薄墨太夫が認められた」

四郎兵衛が頷いた。

四郎左衛門は険しい顔で沈黙し、

「うちの石蔵に入るにはそれなりの仕度が要ります。大勢の使用人がいる中で石蔵に入るのはなんとも厄介ですぞ、四郎兵衛様」

「いえ、麻に見せるために柘榴の家に昨夜から運んでございます。九代目がそちらをご覧になってこちらの家宝かどうか確かめられるのがよかろうと思います」

四郎兵衛の言葉に、四郎左衛門が重々しく頷いた。


四郎兵衛が独り大門を出て柘榴の家に向かった。

「八代目、朝から廓の外に用事か」

面番所の隠密廻り同心村崎季光が四郎兵衛の前に立ち塞がった。

「はい、川向こうにある岡場所に見物に参ります」

「なに、かような刻限に岡場所の見物てか。そなた、深川辺りの岡場所の暮らしを知らぬな。この刻限、だれもおらぬわ」

「はい、だれもおらぬ岡場所の見物にございます。ぞろぞろと遊女が起きてきては厄介ですでな、御免なされ」

と村崎同心の傍らをすり抜けて五十間道を急いだ。

四郎兵衛が寺町の柘榴の家に着いたとき、汀女が料理茶屋山口巴屋へ出勤しようとしていた。

「四郎左衛門様が例の友禅を確かめにうちに参られる」

と吉原会所頭取の形の四郎兵衛が言った。

「麻に対応を願いましょう。それで宜しいでしょうか」

「むろん麻は当代とも昵懇の間柄、そなたがおらんでもよかろう」

と四郎兵衛は汀女を柘榴の家の門まで見送った。

四半刻後、四郎左衛門が柘榴の家を訪れた。

母屋の座敷で衣桁に掛けられた友禅を見た四郎左衛門が、

「なんと」

と言って絶句した。

四郎兵衛も麻も四郎左衛門が得心するまで声をかけなかった。

「まさかうちの宮崎友禅斎の染織物が三浦屋の外にあるなんて信じられません。最前、四郎兵衛様が申されたとき、麻様が見間違えたかと思うておりました。

この友禅、世にふたつとない友禅斎の傑作です。私、子供のころに爺様に最初に見せられて以来、親父といっしょに石蔵から出し、師走のうちに日陰干しをして正月の座敷に飾って身内だけで鑑賞したこともございます。

それが外に出た。いや、羅生門河岸の切見世の一角で首吊りした虚無僧が着せられていたとか。その折り、見なくてようございました。柘榴の家で手入れされて、かようにきれいにしてある。私の知る友禅染です、今回の騒ぎでこのことだけが唯一の救いです。

加門麻様、有難うございました」

と滔々と長広舌をふるって礼を述べた。

「四郎左衛門様、昨夜義兄に見せられた折り、一瞬、宮崎友禅斎様の作品に似ておりますが別の友禅と思いました。ですが、幾たびも見て、私の覚えている姿と重ね、やはり三浦屋の家宝と思い直しました。それでも三浦屋の石蔵でない他所にあるなど考えられず見返しました。

本日、朝から日陰干しをして手入れをしているうちに間違いない、私の目の前の友禅は三浦屋さんの家宝のひとつと確信致しました」

麻の言葉に四郎左衛門が大きく首肯し、

「いや、これはうちのものです」

と改めて言い切った。

しばらく座を沈黙が支配した。

四郎左衛門が顔を上げて四郎兵衛を正視した。それを受けて四郎兵衛が、

「三浦屋の石蔵の長持から家宝を取り出せる者が、使用人の中におりましょうかな」

と質した。

「おりません。ひとりも。身内にしても、私、未だ女房の奈乃にもこの家宝を見せておりません。ここにおられる加門麻様は、薄墨太夫の時代に三浦屋に多大に貢献された花魁ゆえ、親父が格別に見せたのでしょう。ただ今の高尾もこの友禅斎の逸品、知らぬはず」

と四郎左衛門が言い、麻が小さく頷いた。

「となるとどなたがこの友禅斎を三浦屋の外に持ち出したのか」

四郎兵衛が自問するような口調で九代目の三浦屋の主に問うた。

ふたたび四郎左衛門が沈思した。そして、覚悟した表情で、

「四郎兵衛様、親父以外に考えられません」

と告げた。

「それも親父が根岸の郷の隠居所に引っ越した、ばたばたの最中に他の荷といっしょに移したとしか考えられません」

いよいよ、羅生門河岸の虚無僧涼拓の首吊りに三浦屋の隠居根郷が関係している疑いが濃くなった。そう倅の四郎左衛門が考えざるを得ないことを四郎兵衛は察した。

「四郎左衛門様、吉原会所の八代目頭取の四郎兵衛の話をさせてもらえませんかな」

三浦屋の主が頷くのを見た四郎兵衛が話し出した。

「私、吉原会所の頭取に就いた折り、廓内の騒ぎは廓外の町奉行所の触れに照らして決着をつける、それが妓楼や茶屋の主がたの信頼を得るただひとつの途と己に言い聞かせて神守幹次郎の陰御用を務め、八代目の大役を引き受けました。四郎左衛門様、先代の七代目の非業の死は未だ私の胸に刻み込まれております。さらにはこたびの出来事です」

四郎兵衛はいったん言葉を止めた。一瞬瞑目してから両目を開き、言い出した。

「四郎左衛門様、私はあなた様の三浦屋の暖簾を守る決意に照らして考えを変えました」

麻と四郎左衛門のふたりが四郎兵衛を正視した。

「こたびの騒ぎに先代の三浦屋の主、隠居の根郷様が関わっておられるならば、当代と先代は別人物として騒ぎを鎮めたく思います」

「四郎兵衛様、どういうことです。私どもが八代目と九代目の三浦屋の主であり、親子であることに変わりはございますまい。親父の罪咎が世間に知られれば、三浦屋は終わりです」

と四郎左衛門が顔を歪めて言い放った。

「九代目、ごいっしょに隠居にお会いして、こたびの騒ぎの真相を語ってもらう。その先の判断は、吉原会所の八代目頭取四郎兵衛に任せてくれませんか」

四郎兵衛の言葉を必死の形相で吟味していた四郎左衛門がなにか言いかけて、口を噤んだ。三浦屋の暖簾は九代目で下ろす、それも泥に塗れてのことだ、と考えている胸のうちを麻は推量した。

「将一郎様、四郎兵衛様を信じて、いえ、一人二役のひとり、神守幹次郎のこれまでの言動を信じて任せられませんか」

と麻が当代の主を就任前の名で呼んで願った。

禿だったころの麻と将一郎は全幅の信頼をお互いに感じ合っていたのだ。

そのことを考えたか、四郎左衛門が麻を見て、さらに四郎兵衛へ視線を移してこくりと頷き、

「この足で根岸村の隠居所に参られますか」

と麻がふたりに訊いた。

先に頷いたのは三浦屋の当代だった。

不意ながらゆったりとした動作で立ち上がった四郎兵衛が柘榴の家の控えの間に姿を消した。座敷では、

「宮崎友禅斎様の友禅染、お持ちになりますね」

と麻が四郎左衛門に訊いた。

四郎左衛門が首肯した。

麻が衣桁から友禅染を外し、丁寧に畳んで畳紙に包み、さらに風呂敷で二重にして四郎左衛門の前に置いた。そして、四郎左衛門の目を見て、

（神守幹次郎を信じなされ、将一郎様）

と無言の裡に訴え続けた。

戸惑いを顔に残した四郎左衛門は、黙って包みに手を掛けた。

そのとき、次の間から姿を見せたのは神守幹次郎だった。その手には豊後国岡藩を出た折りに神守幹次郎の腰に差されていた無銘の剣、江戸の研ぎ師が「豊後行平」と認めた一剣があった。

それを見た麻も四郎左衛門も、根岸村に同行する者の覚悟を悟った。

四郎左衛門は隠居所で実父である隠居の根郷を幹次郎が、

「始末」

する光景を頭に思い浮かべた。だが、三浦屋の暖簾を守るのが当代四郎左衛門の務めと四郎兵衛に言い切った以上、その処罰も致し方ないと己に言い聞かせた。

「参りましょうか、四郎左衛門様」

「お願い申します」

と両人が言葉をかけ合い、麻が無言で浅草寺の方角に足を向けた。

寺町の柘榴の家を出た両人は無言で浅草寺の方角に足を向けた。

五十間道に出ることなく浅草寺に両人が向かったのは、まず浅草寺のご本尊聖観世音菩薩に手を合わせて根岸村に向かおうと考えたからだ。

本堂の前に立った四郎左衛門は幹次郎に無言で風呂敷包みを預け、長いこと合掌していた。幹次郎を見返した四郎左衛門の表情が最前とは違い、すべてを神守幹次郎に、いや、運命に託する覚悟が見られた。

神守幹次郎は、風呂敷包みを四郎左衛門に戻すと、浅草寺の本堂にこちらも決意を秘めた表情で短く合掌した。

両人が浅草寺の本堂の石段を下りると、

「ご両人、珍しい組み合わせじゃな」

と声をかけてきたのは南町奉行所定町廻り同心桑平市松だった。

「三浦屋の当代の願いでな、かように同行しておりますのじゃ、桑平どの」

「なんぞ御免色里は厄介ごとに見舞われていますかな」

「廓内には厄介がないこともございませんがな、本日は並木町の料理茶屋山口巴屋にて馳走(ちそう)になるのです。どうです、われらといっしょに」

「じょ、冗談を申されるな、それがし、御用の最中でござる。ましてや山口巴屋で馳走をいただくなど、どんな折りでも御免蒙ります。食った気がせんのです」

と桑平同心が手をひらひらと振った。むろん桑平は、吉原の羅生門河岸で虚無僧の涼拓が首吊りを装って殺されたことを承知していた。

「ならばこれにて」

と幹次郎が別れの挨拶をした。

その間、四郎左衛門はひと言も口を利かなかった。

桑平同心に見送られたふたりは仲見世(なかみせ)から浅草広小路(ひろこうじ)に出ると人込みに紛れてそれぞれが駕籠を拾い、根岸村へと向かった。


倅である三浦屋の当代の主が吉原会所の裏同心神守幹次郎とともに隠居所を訪れたことを知った根郷は、

（よからぬことが起こった）

と察した。

「どうしたな、九代目」

と他人行儀な問いを発した。

その言葉に無言で応じた四郎左衛門が、

「隠居、見てもらいたいものがある」

と抱えてきた風呂敷包みを開くと畳紙が出てきた。

「なんだな」

と応じた根郷の声音に不安が生じていた。

「これだよ、親父」

四郎左衛門が畳紙を広げると根郷が、

「あっ」

と驚きの言葉を発した。

「この友禅がなにか承知ですよね」

「うちの家宝のひとつ、宮崎友禅斎の『嵐山花鳥風月秋模様』に見えるがな」

「いかにもそのものです」

「石蔵から取り出してきたか」

「親父、惚(とぼ)けるのはなしだ。引っ越し騒ぎの最中、家宝をこの隠居所に持ってきたのであろうが。かようなことができるのは親父、そなただけだ」

「そ、そうだったかな。引っ越しの荷に紛れていたか。だが、うちにあるわ」

「もはや惚けるのはなし、と言ったぞ」

四郎左衛門の口調が厳しいものと変わっていた。

「惚けてはおらぬ」

と言った根郷が隣座敷に駆け込んで長持の蓋を開いた。

「ほれ、うちの家宝はあるわ」

と古びた畳紙に包まれた友禅染を出して広げた。

「な、なんだ」

と古着と思しき友禅染を広げたが真っ赤な染もひどく、ところどころに糸の解(ほつ)れも見えた。

「ま、間違えたわ。これは他所からの預かりものであったわ」

と言い訳した根郷が懇意(こんい)の裏同心を見た。

だが、幹次郎はなにも答えず表情も変えなかった。

「な、なんだ、ふたりして。わしがうちの持物を持ち出したのに差し障りがあるか」

「なぜ当代に、倅の私にひと言断わらぬ。代々の家宝を持ち出すならば親子同士であっても断わるのが礼儀と思わぬか」

四郎左衛門の言葉は一段と険しいものへと変わった。

「そ、それがどうした」

「親父、その手のぼろ友禅は富沢町で購ったか。どのような役目に使おうと思って購った」

「いや、これは他所様から鑑定してくれと言われて預かったものだ」

根郷の下手な言い訳に四郎左衛門は答えようとはせず、

「そなたが持ち出して隠居所に持ち込んだはずの友禅斎の逸品が、私の手にあることをどう思う」

「どう思うというて、わしも知りたいわ」

「隠居、同じ言葉を繰り返したくない。この『嵐山花鳥風月秋模様』がどこで見つかったか訊かぬのか」

うむ、という顔で四郎左衛門から幹次郎に視線を移した。

幹次郎は根郷の眼差しを受け止めるとしばし間を置き、

「ご隠居、羅生門河岸で首吊りに見せかけた殺しがあったのをご存じですね。その骸の涼拓が着せられていたのが、当代の四郎左衛門様がお持ちの友禅染でござる」

「嗚呼ー」

と驚きを発した根郷が、

「あやつら、そんな真似を」

と思わず、漏らした。

「親父、あやつら、とはだれだ」

子が父に詰問し、根郷は黙り込んだ。

「もはや言い訳はなしだ、私どもに得心のいく説明をしてくれぬか。できぬというならこの場で、倅の三浦屋当代から隠居の父親を離縁する。立会人は神守幹次郎様だ」

「…………」

「元吉原以来続いてきた大籬三浦屋の暖簾も、本日をもって下ろす。よいな、親父」

そこまで四郎左衛門が覚悟したことに幹次郎は驚愕した。

真っ青な顔の根郷は黙り込んでいた。なにか言わんとしたができなかった。震える手に広げられたぼろ友禅が揺れていた。

長くも息詰まる無言の間が流れた。

「神守様、親父は手下に使っていた者を思い出さぬようです。三浦屋の八代目の折り、密かに探索に使っていた四人の名を告げてくれませぬか」

と四郎左衛門が幹次郎に願った。

「根郷様、それがし、裏同心失格にございますな。まさか官許の吉原元総名主のそなた様が、小間物屋の仲次、代書屋の吏三郎、用心棒役の一ノ瀬忠興、羅生門河岸の埘で首吊りを装って殺された虚無僧の涼拓の四人を密かにお使いだったとは、つい先日まで存じませんでした。まさかわが先代の七代目頭取四郎兵衛様は、このこと、承知していたわけではありますまいな」

「四郎兵衛様は、そなた、神守幹次郎なる陰の者を使っていたでな、かような四人は必要なかった」

と言った。

「根郷様、虚無僧の涼拓を絞め殺したのは代書屋の吏三郎と剣術遣いの一ノ瀬忠興ですな」

と幹次郎が告げると、こくりと根郷が頷いた。

「親父、すべてを話してあの世に行きなされ」

と当代の四郎左衛門の乾いた声が命じた。

三

その深夜、引け四つ時分、番方の仙右衛門は今戸橋の船宿牡丹屋に独り四郎兵衛から呼び出された。橋下には屋根船が舫われていて、見習い船頭の磯次が、

「こちらへ」

と船着場に呼び寄せ、舳先側から船に乗せた。船尾（せんび）には老練な船頭の政吉がいて、

「磯、舫いを外せ」

と命じた。

いつも以上にテキパキとした爺と孫だった。

舳先側から船に乗り込んだ仙右衛門は、胴（どう）ノ間（ま）の中ほどに衝立（ついたて）があるのを見た。

船尾側の船室には小さな灯りが点っていた。

屋根船が今戸橋を潜り、隅田川右岸へと出て流れに乗り河口へ向かった。

吉原会所の番方仙右衛門に引け四つ時分、かような命を下せるのは八代目頭取四郎兵衛しかいない。

衝立が外された。

すると船尾側に巡礼の形をした者と神守幹次郎のふたりがいた。巡礼行の人物は白衣に頭巾を被り、首から下げた紫色の輪袈裟の左には、

「四国八十八ケ所」

右には、

「南無大師遍照金剛」

とあった。

「番方、かような刻限にお呼び立て致し相すまぬ」

と詫びた幹次郎がこちらへと招いた。

両の膝を胴ノ間の畳に付けてふたりのもとへ膝行して向かうと、巡礼者の傍らに置かれた笠に、

「同行二人」

と墨痕鮮やかな字で書かれてあるのが見えた。

「どなた様が遠隔の地、四国八十八ヶ所の巡礼に参られますかな」

仙右衛門が質したが、裏同心は頷いただけだった。

屋根船はゆったりと進んだ。

大川河口から鉄砲洲と佃島の間の瀬戸を進み、増上寺沖から本芝、高輪沖から南北の品川宿を抜けて六郷川の河口から六郷ノ渡し場まで屋根船が遡った。

その間、屋根船の胴ノ間には無言の行が長時間続いた。だれも口を開かなかった。いや、開けなかった。

「六郷ノ渡し場やぞ」

と政吉船頭の声が響き、巡礼者が頷くと頭巾を脱いで笠に手を掛けた。

未明の日差しが障子越しに顔を照らした。

「ご、ご隠居」

仙右衛門が驚きの声を発した。

「な、なんと、四国巡礼とは思い切られましたな。私、全く考えもしませんでした。東海道を辿って摂津大坂から船で四国路に辿り着くだけで、ふた月や三月はかかりましょうぞ」

その問いにしばし間を置き、

「死出の旅路に歳月は無縁です」

と笠を被って金剛杖を携えた根郷が応じた。

山谷堀の船着場で乗って以来、巡礼姿の根郷が初めて発した言葉だった。

「ご隠居は還暦を過ぎておられましょう、お独りで四国路とは」

と絶句する番方に、

「同行二人とあるように弘法大師様とふたり旅です」

と応じた根郷が屋根船から出て、磯次が渡した板をよろよろと渡って岸辺に上がった。

六郷ノ渡しの一番船は六つ（午前六時）に出た。

枯葦の原を上流に一丁（約百九メートル）も上がると江戸側の船着場だ。

「どうするね」

と政吉が幹次郎に訊いた。

「すまんがしばし待ってくれぬか。番方といっしょにお見送りしよう」

と言い残した幹次郎が渡し板を渡り、無言の仙右衛門が続いた。

枯葦の原に細い道が続いていた。

「番方、すべては帰り船で説明させてくれぬか」

「ああ、そうしてもらおう」

と答えた番方の乾いた声音には怒りが籠められていた。

前を行く幹次郎が、やはりと漏らし、足を止めた。無銘の豪剣刃渡り二尺七寸(約八十二センチ)の傍らに差してきた小出刃を摑んだ。

待ち伏せのふたりと根郷の三人の対峙に向かって幹次郎は静かに間合いを詰めた。

幹次郎の背中で前方が見えない仙右衛門にも声は聞こえた。

「隠居、わっしらに涼拓殺しをさせておいて、お手前ひとりだけで四国八十八ヶ所の巡礼かね、都合がいいな」

と代書屋の吏三郎らしい尖った声音が言った。

「代書屋、なぜ涼拓の骸に友禅を着せたり、白塗りの顔にしたり、妙な真似をしなさったな」

「おお、おめえさんの言葉が今ひとつ信じられないでな、あのような真似をしたのよ。おめえさんは涼拓に金をいくら渡したな」

「今更さようなことを知ってどうなる。涼拓めに、百両渡したが納得せず、何百両もの大金を要求しますでな、おまえさんがたにあやつの死を願ったのさ。このことは頼みをなすときに説いてありますな」

「いまや妙な細工のお陰で面番所も会所も首吊りではのうて殺しと承知しておるわ。ところでおれたちは、ひとり頭手付けの十両ずつしかもらってねえ。涼拓同様に最低でも百両頂戴しようか」

「そなたら、涼拓を殺したあと、あやつの持ち金を探し当てたんじゃないかな」

「ああ、探したさ。死人には三途(さんず)の川の渡し賃(ちん)しか要るまい」

「ならばその金子をふたりで分けなされ」

「三浦屋の隠居、あれやこれやと方便を使ってわれらに約定の金子を払わぬつもりか。涼拓を殺したあと、われら、根岸村の隠居所に走ったがそなたも女房も、どこに隠れておったか影も形もなかったわ」

剣術遣いの一ノ瀬忠興が詰問し、

「こちらも用心をしましたのさ。それにしても隠居所をひっかき回してくれましたな。許せませんな」

と根郷も応じた。

「まずは約定の金子を頂戴しようか」

「巡礼者は大金など持ち合わせておりません」

「われらを十両ぽっちで、最初から使い捨てるつもりだったか」

「まあそんなところですよ。だがね、おまえさんがたは根岸の隠居所からえらいものを持ち出しなさったね。ありゃ、うちの家宝ですよ、ようも承知してましたな」

「小間物屋の仲次が、三浦屋には代々伝わる家宝の友禅があって隠居所に移したはずだと漏らしたのよ、それで家探ししたのさ」

「そうでしたか、小間物屋の仲次から知りましたか。あいつには何年も前、三浦屋の石蔵の品物を修理させたことがありますでな、その価値を承知していたのでしょう」

「だが、あの古着、どう見ても家宝という代物(しろもの)ではないでな。絞め殺した涼拓の骸に着せてな、隠居のおまえが約定の金子を払わないなら見てろと、三浦屋の当代を脅すつもりでな、あんな細工をしてみたのよ」

根郷が嗤(わら)った。

「仲次に比べて、おまえさんがたはものを知りませんな、なんとも愚かです」

「愚かと言うたか。われらに人殺しを命じたそのほうは極悪人(ごくあくにん)ではないか」

「一ノ瀬の旦那、あんたがたが涼拓に着せた友禅は、京の扇絵師の宮崎友禅斎が百年も前に染めた正真正銘の友禅染の傑作ですぞ、京にもあのような友禅染は残っておりません。骸などに着せずにそれなりの呉服屋に持ち込めば何百両でも買い取ったでしょうな。江戸にも友禅斎の『嵐山花鳥風月秋模様』の価値を知る好事家はおりますでな、呉服屋は値が付けられぬあんたがたから安く買い取って、七、八百両、いやさ、千両で売り払ったでしょうな」

「なんと真か」

「ゆえにそなたがたは、愚かと申し上げました。骸に着せかけたせいでそなたらが涼拓を殺めた証しということになりましたな。今後、町奉行所の手で保管されましょう。町方役人なんてあんたら同様、『嵐山花鳥風月秋模様』の友禅染を知りますまいからな。こたびの一件で大損したのはうちですよ」

と根郷が言い放った。

「一ノ瀬の旦那、どうしますな、こやつを」

吏三郎が質した。

「涼拓と同じように絞め殺すのは面倒だ。それがしが一気に斬り殺して怒りを鎮めるわ。四国八十八ヶ所の巡礼と称しているが、京辺りでほとぼりを冷ます気であろう。この場はこやつの懐の金子で我慢せぬか」

「一ノ瀬の旦那、こやつの殺し役、わっしの匕首(あいくち)に譲ってくれませんか。最前から腹が立ってしようがねえ」

と代書屋の吏三郎が一ノ瀬に話しかけたとき、

「そろそろ、六郷ノ渡しの一番船が出るぞ」

と船頭の声が葦原にも伝わってきた。

「それにしてもよう私が四国八十八ヶ所の巡礼に行くことが分かりましたな。女房すら知らぬ話ですぞ」

と根郷が質した。

「隠居の根郷よ、おめえの倅は承知だよな。倅がよ、吉原の三浦屋におめえさんの女房を呼んでそのことを告げたので、おめえの女房も承知なのさ。吉原から根岸の隠居所に戻ってきた女房をとっ捕まえて、おめえの四国巡礼の嘘話を聞き出したと思いねえ」

「まさか和絵(かずえ)を手にかけた」

「口を塞ごうとしたところに人の気配がしやがった、女房は生きているぜ。その代わり」

と言い放った吏三郎が懐に差していた匕首を抜いた。

「畜生、やれるものならやってみよ」

と根郷が金剛杖を構えた。

一ノ瀬が豪剣を抜き放つと一気に金剛杖を手元から切り落とし、

「吏三郎、殺りねえ」

と命じた。

「おお」

と匕首を構えた吏三郎が短くなった金剛杖を手に茫然とする根郷に飛びかかっていこうとした。

そのとき、幹次郎が小出刃を抜くと、枯葦の間から投げた。

浅草奥山の出刃打ち名人紫光太夫直伝の技だ。

枯葦を断ち切りながら飛んだ小出刃が吏三郎の喉元に深々と突き立った。

「うっ」

と立ち竦んだ吏三郎を見た一ノ瀬忠興が抜身を構えて、小出刃が投げられたほうを振り返った。

「おのれ、吉原会所の裏同心か」

「いかにもさよう。こたびの騒ぎ、吉原会所にとって厄介ごとでな。それがし、裏同心の本来の役目を一切忘れてしもうておった。一ノ瀬忠興、そなたにも死んでもらわねばならぬ」

枯葦を挟んで間合い二間（約三・六メートル）余で対峙した両人が同時に仕掛けた。

戦国時代、薩摩で鍛造された波平行安を構えた一ノ瀬は上段に振り被って踏み込みながら枯葦を叩き切り、同時に間合いを詰めてきた幹次郎の脳天へと落とした。

上体を屈めた幹次郎は、無銘の豪剣を一気に眼志流の技、居合術で抜き放った。両者の刃が交差した。

仙右衛門にも根郷にも、ふたりの体がひとつになったかに見えた。

「六郷ノ渡しの一番船が出たぞ」

と船着場から対岸に伝える声が聞こえた。

一瞬、時が止まった。

「こちらも船が出たぞ」

と川崎(かわさき)側の渡し場からの声が時の流れを蘇(よみがえ)らせた。

ゆっくりと一ノ瀬忠興の体が傾(かたむ)き、ずるずると葦原に崩れて前屈みに斃(たお)れ込んだ。

幹次郎が低い姿勢から放った無銘の剣を血振りすると、

「流(なが)れ胴斬(どうぎ)り」

と漏らし、鞘に納めた。

しばし間があって、

「ど、どうするよ、神守様」

と仙右衛門の声が問うた。

幹次郎がちらりと根郷を見て、

「この両人、生きていてはなりませんな」

と念押しした。

三人の戦いを見た根郷ががくがくと首を振った。

「番方、代書屋を引きずって政吉の屋根船まで運んでくれぬか。それがしは一ノ瀬某を担いでいこう」

と言った幹次郎が根郷に、

「ご隠居、それがしの先を歩いてくだされ。われらが乗ってきた屋根船で向こう岸に渡します」

と言った。

「私をどうしようというのだ、神守幹次郎様」

「根郷様は六郷ノ渡しの一番船で、川崎宿に渡られたのですよ。己の行く末は江戸を発つ折りに決められた通りに四国巡礼ですよ」

しばし幹次郎の言葉を沈思していた根郷が、

「それしかわれに残された途はないか」

「元吉原以来の大籬三浦屋の暖簾を守る術は他にありませんでな。そなた様も最後に犯した罪咎を死のときまでとくと考えて、路傍で無名の巡礼者として身罷りなされ」

と淡々と告げた。


一刻後、政吉船頭と助船頭の磯次の操る屋根船は六郷川河口から品川沖へと舳先を曲げた。そして、石を抱かされた一ノ瀬忠興と吏三郎の骸は次々に江戸の内海に沈められた。

海水で手を洗った幹次郎に、

「三浦屋の隠居は今ごろ川崎宿から神奈川宿へと旅されていますよね」

と磯次が訊いた。

「おお、南無大師遍照金剛を唱えながら京へと上っておられるわ」

と祖父の政吉が孫に答えた。

「神守様よ、人は長生きするもんじゃないな」

と政吉の視線が向けられて問うた。

「それがしになんぞ答えよと申すか」

「ああ、聞きてえや。あの三浦屋の八代目が独り東海道を旅してさらに四国に渡り、八十八ヶ所の巡礼行が死のときまで続くのじゃぞ」

官許の吉原に隆盛がもたらされたのには三浦屋の八代目の力が大きかったと政吉は告げていた。

「政吉どの、それがし、吉原の老舗三浦屋の暖簾を守るために動いた。それが三浦屋の当代の四郎左衛門様の、吉原会所の、ひいては御免色里吉原のためになると思うてな」

幹次郎の言葉にだれも答えなかった。答えられなかった。

障子戸が閉じられた。

屋根船の胴ノ間で幹次郎と仙右衛門のふたりだけになった。

「番方、訊きたいことがござろうな」

「およそ三浦屋の隠居とあのふたりの野郎どもの問答で察せられました。一人二役の四郎兵衛様と神守様は、言葉通り三浦屋の暖簾を守るために動かれた。そうですな」

「いかにもさよう。われらが隠居の行状を知ったとき、とても独りでは乗り切れる出来事ではないと察した。この一件、露呈すれば吉原会所は公儀に潰されると思うた。そうは思わぬか、番方」

仙右衛門がこくりと頷いた。

「この一件の解決を図るために、どなたかにこのことを相談したとしよう。番方、どうなったと思うな。そなたには一刻も早く話すべきだと思いながら、当代の四郎左衛門様の不安を察して話せなかった」

「相分かりました」

と答えた番方に、

「もはやこの一件忘れるしかないわ。口にしなくてもわれら、隠居の根郷様の行状に加担しておるでな」

との幹次郎の言葉に仙右衛門ががくがくと頷いた。

澄乃は、四郎兵衛も神守幹次郎も、番方の仙右衛門も不在の吉原会所を案じて、

（もしかして）

と思い、京町一丁目の三浦屋を訪ねてみた。

朝の五つの刻限だ。

「こちらにうちの四郎兵衛様か、神守幹次郎、あるいは番方の仙右衛門が訪ねておりましょうか」

と遣手のおかねに問うた。

「朝っぱらから吉原会所のお偉いさんがいないのかえ。それぞれさ、柘榴の家やら柴田相庵先生の離れ屋に戻っていないかえ」

と澄乃におかねが反問した。

朝まだきの仲之町でしばし考えた澄乃は、今戸橋際の船宿牡丹屋を訪ねることにした。澄乃は吉原を揺るがす騒ぎは、未だ続いているという予感に襲われてい

た。

「澄乃さん、なんぞ用事かね」

吉原会所と深い関わりがある船宿の主に澄乃は、

「旦那さん、吉原会所の面々がどこにおるか、ご存じございませんか」

「ああ、昨夜の夜中にな、四国八十八ヶ所の巡礼に出かけるお方を見送って品川宿付近だか、六郷ノ渡し場だかまで屋根船で向かわれたな。うちの政吉と磯次のふたりが船頭じゃぞ」

「巡礼者ですか、何者です」

「さあて、それは知らぬな。昼前には戻ってくるそうだ。その折り、澄乃さん、あんたが直に四郎兵衛様か番方にお訊きなされ」

と牡丹屋の主が答えた。

澄乃は日本堤を吉原会所へと引き返しながら、

（なにが起こっているのか）

どうやら女裏同心も知ってはならぬ「出来事」だと己に言い聞かせていた。

四

数日後、四郎兵衛は久しぶりに五十間道の普請場を訪ねた。外茶屋の雄、あみがさ屋の店舗だった建屋の曳き家の仕度が着々と進行していた。

「四郎兵衛様、普請場をお忘れかと思うていました」

と棟梁の染五郎が話しかけてきた。

「申し訳ございませんな。ちと厄介な騒ぎがございまして、振り回されておりました」

「なんとなく五十間道の噂話を耳にしました。羅生門河岸で虚無僧だかが首吊り自裁したとか。いや、一時は殺しとの噂が流れましたな」

「いや、会所でも涼拓なる虚無僧が自死するはずない、殺しだという考えがございましたがな、当初から面番所の隠密廻り同心の村崎様が申されていた通り、世を儚んで首を吊ったという自死説に傾きましてな、新米の吉原会所の八代目頭取四郎兵衛の大いなる考え違いでございました。はい、慣れぬとは申せ、なんとも情けないしくじりでした」

「そうでしたか。いえね、四郎兵衛様、なにごとも十年がひとつの目安でございますよ。焦(あせ)ることはございません」

染五郎が四郎兵衛を慰めた。

「こちらはさすがに老練な棟梁の指揮のもと、何十人ものお弟子衆や職人衆がテキパキと働いておいでですな」

「一番厄介な店場と住まいを敷地奥へと移動させる曳き家ですが、わっしなりに目処が立ちました」

「おお、それは嬉しい報せです」

「まずはこちらをご覧くだされ」

とあみがさ屋の建屋へと案内した。

建具が外され、建物の基になる柱や梁(はり)以外の聚楽壁(じゅらくへき)も剝(は)がされて木組みだけが残っていた。改めて見てみると、柱も梁もしっかりとした松材などの組み込みで丁寧にして頑丈(がんじょう)な造りということに気づかされた。

「四郎兵衛様、大した木組みの建屋ですよ。幾たびも言うようですが、これだけのものは廓内にまずございませんな。あみがさ屋の一族が故郷(こきょう)の伊勢から呼び寄せた五代目神原宗兵衛(かんばらそうべえ)の手になる建屋、まさか江戸の五十間道にあろうとは夢にも考えませんでしたぞ。見事な普請です」

「そのお方は棟梁がたの先人ですか」

「はい、わっしも名だけは聞いたことがありましたがな。五代目宗兵衛の仕事を見るのは初めてでございますよ」

どこか興奮の体の染五郎棟梁が天井の棟木の一角を指した。

「享保五年（一七二〇）」

と認められた棟札に、

「上棟　伊勢あみがさ屋七兵衛」

とあり、

「普請　神原宗兵衛」

と墨書されていた。

「そうですか、伊勢の名人上手の普請に江戸の棟梁染五郎さんが手を加えられますか」

「四郎兵衛様、わっしなど五代目宗兵衛と一緒に語られる大工じゃございませんよ。いや、この棟札を見て、この普請の出来は当然と思い知らされ、一段と緊張しました。

頭取、改めて申します。かような機会を授けてくだされた八代目頭取四郎兵衛様に感謝の一語にございます」

と深々と染五郎が頭を下げた。

「いや、この話を棟梁から聞いて、後年に残す普請を染五郎棟梁に願ったことは間違いでなかったと改めて思いました。棟梁、われらも七十年後の人々が感心するような普請に努めましょうかな」

と四郎兵衛も感謝し、言い添えた。

「棟梁の仕事の邪魔をこれ以上したくはございませんでな。私ひとり、普請場を見せてもらってようございますかな」

「施主は八代目頭取四郎兵衛様ですよ。お好きなようにご覧なされ」

四郎兵衛は限られた月日しか普請にかけられない事情を考えて、染五郎を仕事に戻した。そして、あみがさ屋の店舗だった建屋から中庭に出た。

そこでは庭師と職人衆が泉水の水を抜き、庭石や庭木をばらしていったん他の場所に運び込む仕度を黙々としていた。さらに寝泊まりする大工や左官などが宿舎に使うあみがさ屋の奉公人が暮らしていた別棟を残して、その隣にあった離れ屋も丁寧に解体されて建材とひとつにされて鉤の手の敷地の奥へと積んであった。

四郎兵衛が想像する以上の素早さで作業が進んでいた。

浅草田圃は作業場に使うと染五郎棟梁が言っていたが、未だ色づいた稲穂の田圃はあった。

「おや、まだ田圃は残っておりましたか」

と独り言を言う四郎兵衛の言葉を聞いた老職人が、

「四郎兵衛様よ、ここまで育った稲穂を途中で刈り取るなんて罰当たりと思わないかね。わっしが棟梁に願ってよ、稲刈りまで待ってもらうことにしたんだ」

「おお、それはよいお考えです。迂闊にも罰当たりを私めもなすところでした」

「わっしはよ、向こう岸の小梅村の百姓の三男坊でよ、先代棟梁の弟子になった参吉だ。当代の染五郎棟梁とも長い付き合いでな」

と言った参吉が、

「四郎兵衛様は一町二反の田圃から米がおよそどれほど穫れるか承知かな」

と問うた。

「なに、この一町二反の田圃からとな」

四郎兵衛は田圃を見廻したが見当もつかなかった。

「全く予測もつきませんな」

「この浅草田圃は決していい田圃とは言えませんや。それでもね、わっしの勘では一反から八俵から十俵の米が穫れますよ、ということはその十二倍だ。九十六俵から百二十俵の米が穫れる」

「おお、なんと九十六俵から百二十俵ですか。吉原見番の普請にばかり頭が向いて、えらい罰当たりをしでかすところでしたな。参吉老、ぜひ収穫までこの田圃の面倒をみてくだされ。大工衆の手を借りずとも、吉原会所から人手を出しますでな。いつでもな、大門を潜って会所で私の名を告げてくだされ」

「おお、四郎兵衛様のお墨付きならば、なんとしてもいい米にしたいな」

「収穫したら、新米を炊いて皆で食しましょうぞ」

四郎兵衛は参吉老人と約定した。

最後に日本堤の土手に上がった四郎兵衛は偶然にも得た浅草田圃の稲穂を眺めた。

(いやはやえらい間違いを犯すところだった)

と考えながら衣紋坂に向かった四郎兵衛に、

「おい、幹やん、なんぞ考えごとか」

と土橋のところから声がかかった。

振り返らなくとも幼馴染の足田甚吉と分かった。

「甚吉、そなた、一町二反の田圃から米がいくら穫れるか承知か」

「ふーん、妙なことを訊くな。おお、そうか、吉原会所が買った五十間道の敷地に田圃がついておるといったな。岡藩の所領地は米どころやからな、いい米が穫れたわ。この界隈の田圃はいいとは言えまい。百俵前後かのう」

「おお、よう承知じゃな。私は知らなかったぞ。稲刈りをしたらな、皆で食そうと思う。そうだ、甚吉、姉様に会ったら、近々稲刈りをするで、その折りは手伝ってくれと伝えてくれぬか」

「一町二反な、大した広さでもないわ。よし、稲刈りの折り、おれを呼べ。仕切ってやろう」

と甚吉が言い切った。

「仕切り方は、染五郎棟梁の古くからの弟子の参吉老人がおられる。そなたは稲刈りのひとりだ」

「なんや、稲刈りでもおれは下っ端か」

と嘆いた甚吉と別れた四郎兵衛は、衣紋坂から五十間道へと下っていった。

「普請場の音が迷惑ではありませんかな」

と四郎兵衛が飛脚屋の番頭川蔵に訊いた。

「さすがに染五郎棟梁だね、二重の覆いでもさ、普請場の音は聞こえないことはないが、五十間道の商いに差し支えるほどじゃないよ」

「それはよかった」

安堵した四郎兵衛が大門へと下っていくと、そこには面番所の名物同心が懐（ふところ）手（で）で無精髭の生えた顎を撫でながら、

「昨夜は会所泊まりだよな」

と立ち塞がった。

「いかにもさようです、村崎様」

「殊勝（しゅしょう）な返答じゃな、かようなときはなにか企んでおる」

「村崎同心を相手に企むなどありましょうかな」

「朝っぱらからどこへ行っておった」

「普請場をな、見て参りました。村崎様は吉原見番の普請場に関心はございませんかな。もしおありならば四郎兵衛がこの次、ご案内しますがな」

「工事現場を見て、なんの足しになる。一文にもならぬところには、わしは足を運ばぬ。なにより大門が面番所の詰め所ゆえ仕事優先である」

と言い切った。

「おお、さすがは南町奉行所の隠密廻り同心村崎季光様。御用優先とは改めて感心致しましたぞ、この四郎兵衛。ですがな、老練な村崎様が働き過ぎると若手の同心衆に出番が回ってきませんな。若手の同心衆のためにときに面番所を離れるのは南町奉行所にとって大事ではございませんかな」

「いや、若手はわしを押しのけて働くくらいの気持ちがないと一人前にならぬわ。わしは、そのために大門で頑張っておるのだ」

村崎同心が出入りの商人からなにがしかの銭を受け取るために立ち番しているのをだれもが承知していた。

「それもございましょうが、普請場ほど面白いところはございませんぞ」

「そなた、知るまいな。棟梁の染五郎め、本業で得る給金の他に一文の銭も受け取ってはならぬ、また、相手に払ってもならぬと弟子どもに命じてな、五十間道の普請が始まっても面番所に挨拶にも来ぬわ。おお、四郎兵衛、そのほうから五十間道は吉原会所の、ひいては面番所の監督下にあると教えてやれ」

とぬけぬけと言い放った。

四郎兵衛は話柄を変えた。

「おお、そうだ。村崎同心どの、田圃一町二反から米がどれほど穫れるかご存じですかな」

「おい、おれが生まれ育ったのはお城近くの八丁堀だぞ。田圃からいくら米が穫れるかなど知るものか。知りたければ百姓に訊け、四郎兵衛」

「こちらにも関心がございませんか。ならば私はこれにて失礼しますでな」

「おい、待て、四郎兵衛。訊きたいことがある」

村崎同心の傍らを抜けようとした四郎兵衛は致し方なく足を止めた。

「過日、羅生門河岸の虚無僧の首吊りな、噂に聞けば吉原会所は首吊りを装った殺しと見たようだな」

「おお、あのことでございますか。さすがは村崎同心どの、慧眼(けいがん)にございますな。あれこれと調べてみましたが、やはり村崎様が洞察された通り、自死でございましたな」

「わしの申すことを最初から聞けば、無駄な探索は要らぬのだ」

「いかにもさようでした。で、なんぞ、不審がございますかな」

「虚無僧の塒を探ったであろうな」

「もちろんでございます。ですが、涼拓、びた一文の銭も残しておりませんでしたぞ。おお、村崎様は会所の払いを面番所で持つと申されますか。ご存じのように会所の所持金は残りわずかでしてな。有難い申し出にございますぞ」

「そのほう、なにか勘違いしておらぬか。先行きに不安を感じた虚無僧の骸、無縁墓地に放り込んだのであろうな」

「そこでございますよ。三ノ輪の浄閑寺でもそうそう無料で無縁墓地に埋葬できぬと、弔い料を請求されましてな。たしか一朱と五十文でした。こちらも立て替えておきましたでな、村崎様、吉原会所にお払い願えますか」

「四郎兵衛」

大門前に村崎同心の大声が響き渡った。

「どうなされました」

「無縁墓地の弔い料をうちで払えてか」

「ダメでございますか。ううーん、うちの内証は苦しいのですがな」

村崎同心が、

「わしから銭を取り立てようなど四郎兵衛、十年早いわ」

と喚いて面番所に姿を消した。

その問答を聞いていた駕籠舁（か）き連中が、

「同心さんはよ、一朱と五十文ぽっちにがたがた抜かしおるわ。外茶屋のあみがさ屋から吉原会所が購った土地と建屋の代金がどれほどか考えもしねえのか。南町もよう黙って勤めさせるよな」

「後棒よ、吉原会所がうまいこと丸め込んでいるんだよ」

などと言い合っていた。


弾左衛門屋敷では十五歳の浅草弾左衛門が一通の書状を披いたところだった。

差出人は吉原会所の八代目頭取四郎兵衛と神守幹次郎で連署であった。

四郎兵衛の文は官許の吉原京町一丁目の三浦屋の隠居根郷が、

「さる事情があって四国八十八ヶ所の巡礼行に出立なされた」

との短い一行であった。

このことは弾左衛門も知らなかった。

一方、同梱の神守幹次郎の文は短いながら自らの所業を認めたものであった。

それによれば、

「三浦屋の八代目四郎左衛門様は長期にわたり、吉原会所の七代目頭取四郎兵衛とふたり、官許の遊里吉原を主導してこられましたが、数年前より嫡子に三浦屋の主を譲ることを内心お決めになられました。

ところが七代目四郎兵衛の惨殺死を知られたとき、強い不安に襲われたようです。

そこで長年、胸の中で反問してきた企て、己の晩節を守るために隠居をなすとともに根岸村の隠居所から三浦屋と吉原会所のふたつに『院政』を敷くことを決意されたのです。

そのためにこれまで己一人の探索方として四人の人物を使い、実行に移しました。ところが四人のひとり、羅生門河岸の住人虚無僧の涼拓が根郷様に格別に大金を要求しました。そこで根郷様はその申し出を拒むために廓外の住人代書屋の吏三郎と剣術家の一ノ瀬忠興両人に命じて、始末をすることを決意されました。

一方、仲間のひとりを始末するよう命じられたふたりは自分たちも始末される恐れありとして、首吊り自殺を装った涼拓の骸に、三浦屋の家宝、宮崎友禅斎の『嵐山花鳥風月秋模様』（両人はその友禅が価値あるものとは全く知らなかったのです）を着せて、白塗りの顔にして自死が不自然に見えるよう細工をなしたのです。これは偏に隠居根郷様がだれぞに頼み、われらふたりをも始末するようなれば、涼拓の死が殺しであると町奉行所に知らしめるぞと脅すための行いであったと推量されます。

根郷様の企ては、四人のうち三人の探索方の相剋(そうこく)によって吉原会所の知るところになり、吏三郎と一ノ瀬忠興のふたりは、吉原会所の手、それがし自らの手により極秘裡(ごくひり)に始末されました。

かような吉原会所の『独断』は偏に元吉原以来の老舗妓楼三浦屋の暖簾を守るためでありました。

かようなことを浅草弾左衛門様に告白したのは、二度とこのような真似をしないための証しの書状であり、弾左衛門様がわれら一人二役の禁じ手として保管されることをお願い申し上げる次第です」

と結んであった。

弾左衛門は幾たびも神守幹次郎からの文を読み、幹次郎の告白が自分の下の内偵が報告してきた内容とさほど変わりないことを承知した。そこで弾左衛門は後見人の佐七を呼んで吉原会所の当代の四郎兵衛と裏同心神守幹次郎の文を読ませた。

読後、佐七は、

「弾左衛門様、八代目の四郎兵衛に知多者ではなき陰の人が一人二役として就き、吉原会所を主導することになり、うちと今後親密な提携をしていくことになりましょうな」

と文を若い主に返した。

「いかにもさようです。そうせねばこたびの吉原会所の『独断』が無益な殺害になります。またうちが吉原会所の『独断』に巻き込まれてはなりません」

と言い切った弾左衛門が傍らの行灯の火に文を差し出すと燃やした。

佐七が主を見た。

「かような文があるとかえって新たな厄介が生じましょう。吉原会所と弾左衛門屋敷、信頼という二文字での付き合いが大事かと思います」

と言い切り、老練な後見人が大きく頷いた。

第五章　凶か福か

一

その夜、神守幹次郎が柘榴の家に戻ると、加門麻が迎えに出て幹次郎の大小を受け取り、

「弾左衛門屋敷から使いが見えて文が届いております」

と言った。

「使いは麻の承知の人物か」

「はい、弾左衛門様の後見人佐七様でございました」

「さようか」

と言った幹次郎は座敷に入ると、

「弾左衛門様からの書状を読もう」

と麻に願った。

仏壇に置かれてあった書状を麻が幹次郎に渡し、

「姉上もそろそろ料理茶屋からお戻りでございましょう」

と言い残すと台所に姿を消した。

その言葉に頷いた幹次郎は着替えもせずに弾左衛門からの書状を披く気配を見せた。

そこへ麻が行灯を運んできた。

「すまんな」

幹次郎は吉原会所の一人二役からの書状に対する返事であることは間違いないと思ったが、弾左衛門の反応の速さに一抹の不安を感じていた。行灯の傍らに寄って封を披いた。

「神守幹次郎様
四郎兵衛様とそなた様ご両人の書状拝見致しました。お二方の苦衷を察するになんと申し上げてよいか言葉が見つかりません。

幹次郎様、こたびの騒ぎは吉原会所を長年にわたり主導してきた七代目頭取四郎兵衛様と元吉原以来の老舗三浦屋の八代目四郎左衛門様、ただ今は隠居の根郷様に関わるものであり、『後始末』を一人二役、就中神守幹次郎様が実行された結果と受け止めました。

この弾左衛門、驚愕しております。

ともあれ、根郷様には死ぬことよりも辛い遠国への巡礼行しか晩年に残された途はないと厳命された四郎兵衛様と神守幹次郎様の心のうちを、この矢野弾左衛門は幾たびも推量した末に得心致しました。

先代がたの体制がこれにて終了し、新しい一人二役制度へと変わることを強く祈願致します。されどかような『独断』決行はこたびだけで十分です。

神守幹次郎様、私どもも新しい体制の吉原会所との信頼関係を強く希います。

矢野弾左衛門」

とあった。

短い文面だが重く篤い想いが、そして吉原会所への忠告が認められていた。

幹次郎は二度三度と熟読し、

（弾左衛門様、そなた様を裏切る行為は決してこの神守幹次郎、しませんぞ）

と心に誓った。

ふと麻が運んできた行灯の炎に視線がいくと、迷うことなく弾左衛門の文を燃やした。が、幹次郎は弾左衛門の要望を、

「燃やした」

わけではなかった。一字一句胸に刻みつけたゆえ文を燃やしたのだ。

そのとき、地蔵の吠え声がして汀女が戻ってきたことを幹次郎は知らされた。

未だ奥座敷の行灯の傍らに座る幹次郎に汀女が質した。

「おや、未だ着替えを済ませておられませぬか」

「文を読んでいたでな」

汀女が文の燃えさしを手にした幹次郎を見た。

「厄介な文でございますか」

「いや、弾左衛門様からの文でな。それがしが十五の折りは、弾左衛門様の爪の垢ほどの思慮もなかったことはたしか、改めて弾左衛門様の聡明さにただただ感服致しておる」

と言った幹次郎が燃え残りの文を行灯の炎に落とした。そして、完全に燃え消えるまで確かめ、外着を脱ぎ始めた。

湯に浸かった幹次郎は、なんとしても吉原改革を一日も早くやり遂げねば、弾左衛門の要望に応えることができぬと思った。

(明日から新たな改革に向けての一歩を)

と考えながら、

(その前になすことがある)

家斉御台所総用人西郷三郎次忠継を自称する市田常一郎の存在だ。

吉原の乗っ取りを企てている西郷は、官許の五丁町のだれかと繋がりを持っているはずだが、未だ吉原会所は摑んでいなかった。

この夜、嶋村澄乃は柘榴の家に姿を見せなかった。

吉原会所の裏同心ふたりともが廓を離れることを四郎兵衛が禁じたのだ。いや、澄乃は重々そのことを承知していた。

幹次郎と汀女、麻とおあきの四人で四方山話をしながら二合の酒を、おあきを省いた三人が分け合って吞んだ。銚子の酒が切れかかったころ、おあきが言い出した。

「近ごろ妙なものが浅草寺界隈で流行っているそうですね」

「妙なものとはなにかしら」

と麻が問うた。

「『凶』の字を書いた紙を店の隅や長屋の木戸口に逆さに貼ると、その家に福が呼び込まれるのだそうです」

「私も料理茶屋の客が話しているのを聞いたわ」

と汀女が応じた。

「なんだな、なんぞ呪いか」

「はい、だれが流行らせているのか知りませんがその類いでしょう」

と答えた。

「姉様、この景気の悪さがいつまで続くか、江戸じゅうがうんざりしているでな。他愛もない呪いが流行りおるわ」

と、この話題はそれで終わった。

一夜明けて、柘榴の家でのんびり休んだ幹次郎は下谷の津島傳兵衛の道場に行き、一刻ほど厳しい稽古をして体をいじめた。そのあと、柘榴の家に戻ると朝餉を食して吉原会所へ出勤した。

五十間道ではすでに作業が始まっていて、鉋（かんな）が板を削（けず）ると思しき音が表に響いていたが、幹次郎には心地のよい調べであった。作業の経過を見たいと思ったが幹次郎は我慢して大門へと向かった。するといつものようにいつもの人物が幹次郎を待ち受けていた。

「相変わらず裏同心の旦那は、面番所隠密廻り同心のわしより遅いな。そのようなことでは廓内に厄介が起こっても知らぬぞ」

「なんぞ厄介が生じておりますか」

「わしがかように早朝より頑張っておるで、厄介な真似はだれにもさせぬわ」

と村崎が言い切った。

「さすがは南町奉行所の敏腕同心どのでござるな。やはり八丁堀の役宅にはいづらいですかな」

「そ、それよ。『おまえ様は廓で美味しい膳が待っておりますな』と女房が言うて、近ごろではわしの朝餉の膳は出てこんでな、かように朝早くから吉原に出ておるわ。なんとも腹立たしいかぎりよ」

思わず本音を漏らした。

「お気の毒に」

「そのほう、柘榴の家で女たちに囲まれて朝餉を食して参ったか」

「いえ、それがし、下谷の津島道場にてひと汗掻きましてな、さっぱりしております。村崎どのもこの刻限、暇なれば道場に参られませんか」

「裏同心、冗談を言うでないわ。わしは若いころ武術もろもろを修行したで十分である。それより一度くらい柘榴の家に呼ばれて朝餉に、いや、夕餉にがいいな、酒の五合も呑めば気分がさっぱりしよう」

といつもの伝で話す村崎同心を大門前に残して吉原会所の敷居を跨いだ。

広土間では朝の見廻りに同行したか老犬の遠助が小屋に敷かれた古座布団の上で横になっていた。その様子を澄乃と綾香のふたりが眺めている。

「遠助は相変わらず元気がないか、なんぞ病かのう」

「いえ、病ではありません。老いのせいで少し歩くと疲れが生じるのです。夏の疲れが秋に入って出たのでしょう」

「そうか、やはり夏の疲れか。こればかりは生き物だれしも避けられんな」

と言った幹次郎がふと気づいた。

「そうじゃ、うちの地蔵と会わせてやったら、元気が蘇るのではないか」

「そうですね、でも疲れているときには遠助を柘榴の家まで連れていくのが大変です。といって、若い地蔵を会所に伴うてきては、こちらを遊び場と勘違いしましょうね」

「そうか、遠助をしばしば駕籠に乗せるわけにもいくまいでな」

とふたりの同心が話し合うのを綾香が聞いていて、

「澄乃さんや、あっちの話はいいのかえ」

と言い出した。

「なんだ、騒ぎがあったかな、廓内に」

「ああ、あれですか。いえね、神守様、凶の字を書いた紙を戸口に逆さに貼ると福を呼ぶというお呪いです。昨日まで私どもも気づかなかったのですが、朝の見廻りをしてみると、五丁町のあちらこちらの妓楼や引手茶屋に逆さ字の紙が貼ってあるのですよ」

「なに、廓内でも流行っておるか。浅草寺界隈でも流行っているとかうちの女衆が話しておったな。だれが廓内で流行らせたか分かるか」

「だれかは未だ分かりませんが、逆さ字の『凶』の紙切れを十枚貼ると二文もらえるとか、蜘蛛道の寺子屋に通う子供たちをたきつけている者がいるんだそうです」

「なんと寺子屋の子供をな。廓も景気がよくないで、かようなものが流行るかのう」

「気づいた大人が剝がすのですが、子供たちが遊びにやるものですから、結構見かけられました」

「子供を煽る者をとっ捕まえてやめよと言うのも、なんだが馬鹿臭いな」

「そうなんです」

と幹次郎と澄乃が顔を見合わせた。

「神守の旦那さ、かような流行りにはウラはありませんかね」

すっかり吉原会所の一員になったつもりの綾香が言い出した。

「綾香さんはそう言うんです」

「ほう、ウラとはなんだな」

「さあて、そう裏同心の神守の旦那から面と向かって質されると返事に困りますがね、羅生門河岸や西河岸の切見世ならいざ知らず五丁町の妓楼や引手茶屋の表に総なめに逆さ字の『凶』を貼るのはなんとなくそぐわないと思いませんかえ、福を呼ぶどころか嫌がらせじゃないか」

と綾香が言った。

「たしかに御免色里の五丁町に逆さとはいえ『凶』の字はどうかと思いますね」

と澄乃も言い出した。

幹次郎は四郎兵衛の気持ちになってしばし思案し、

「ただの流行り廃りか、それとも綾香姐さんが言うようにウラがある嫌がらせか、見廻りの折りにそれがしも気をつけてみよう」

と幹次郎に戻った気分で言った。

「四郎兵衛様に報告するほどのものではございませんね」

「おお、一人二役のどちらかが知っていればそれでよかろう」

と幹次郎が応じてこの話は終わったかに見えた。

「番方は泊まりであったな」

「はい、廓に大事がないのを確かめられ、家に戻ってくると申されてお帰りになりました。おそらくお子さんの顔を見に行かれたのだと思います」

と澄乃が余計なことまで付け足して言った。

「可愛い盛りゆえ致し方ないな。ところで仙右衛門どのは、逆さ字の一件を承知か」

と幹次郎はいったん話が終わった一件を蒸し返した。

「はい、私が報告しましたゆえ承知です。番方も子供騙しの悪戯であろうと、格別気にされる様子はありませんでした」

「まあ、わが子の顔と逆さ文字の悪戯は、比べようもないな」

と言った幹次郎は、

「とは申せ、それがし、実物を知らぬで見聞して参ろうか」

「私も供を致しますか」

「いや、番方もいないとなると、会所の留守を綾香、遠助といっしょに守っておれ」

と言い残した幹次郎は広土間の奥から会所の裏手に回り、蜘蛛道に出た。

まずは吉原の四稲荷のひとつ、榎本稲荷の赤鳥居にぺたりと「凶」の字を書いた紙が逆さに貼りつけてあった。書体は子供の悪戯とも見えず、筆遣いが慣れた大人のものだった。だが、幹次郎は「凶」の字になんとなく嫌な感じを抱いた。

綾香が言うのはこのことか。ただし官許の廓内にだけ流行っていることではない。浅草寺界隈にも見られるとしたら、吉原を狙ってのこととは言えなかった。

(どうしたものか)

と思いながら紙片を剝がそうとしたが、糊（のり）がたっぷりつけられて貼られた紙片はなかなか取れなかった。

悪戯としても厄介な嫌がらせに思えた。

蜘蛛道の住人の塒にはなかったが、浄念河岸の切見世には三軒か四軒ごとに貼ってあった。女郎衆は昼見世の準備で忙しい刻限だ、騒ぎ立てる者はいなかった。

浄念河岸の奥の開運稲荷には鳥居の左右に貼ってあった。思いついて幹次郎は水道尻（すいどじり）の火の番小屋を訪ねてみた。すると新之助（しんのすけ）がせっせと戸口に貼られた逆さ文字を濡れ雑巾で湿らし、小刀でこそぎ落とそうとしていた。

「番小屋もやられたか」

「朝の早い見番の小吉親方に教えられて気づいたんですよ。だれですね、凶の字なんてつけておれに嫌がらせするのは」

「そなただけではないわ。榎本稲荷も開運稲荷もこの札を貼られて被害に遭っておるわ。さらに五丁町の妓楼や引手茶屋は総なめと聞いたな」

「なに、番太のおれが女郎にモテるてんで嫌がらせかと思ったら軒並みか」

「そなたがモテるせいではないわ、新之助」

「御免色里に嫌がらせをなそうとしておるのか。あるいは四宿（ししゅく）の関わりの輩の悪戯か」

「それがな、どうやら廓の外、浅草寺界隈でも流行っておるらしい」

「そいつは四宿の関わりとは違うな。それにしても一人ふたりの仕業じゃないな」

「そういうことかのう。ともかく廓内の嫌がらせは会所に関わる話だ。新之助、火の番小屋の逆さ文字を剝がしたら、寺子屋の子供たちに訊いて、十枚貼って二文をくれるという者の見当をつけてくれぬか」

「おお、番小屋を虚仮にされたんだ、おれがとっ捕まえるぜ」

「いや、廓の外の悪戯とうちに関わりがあるかないか、今のところ不分明だが、気をつけたほうがいい」

と言った幹次郎はふと思いついてふたたび蜘蛛道に戻ることにした。

天女池の近くにある質屋を訪ねるためだ。蜘蛛道の住人に何人か訊いてようやく揚屋町裏の、質屋「十一」を訪ね当てた。

蜘蛛道のどんづまりに間口二間ほどの質屋十一はあった。

「いらっしゃい」

と迎えたのはお花と末吉の父親と思しき人物だった。

「おや、吉原会所のお侍だね。裏同心さんは八代目を兼任しているというから、うちに質入れに来たんじゃないよね」

「いかにも一人二役だが、吉原会所も不景気でな。金子は欲しいが生憎質草がないのだ。それよりこちらの娘御のお花と弟の末吉に会いたいのだがな」

「おや、うちの子供たちにね。この刻限は寺子屋ですよ」

「師匠が体を壊して寺子屋は休みと聞いていたがね」

「師匠は元気になりなすった。安酒の呑み過ぎですよ」

「寺子屋が終わるのはいつだな」

「昼の九つ（正午）時分でね、もうそろそろと思うがね」

「ならば親父どの、それがし、天女池のお六地蔵の傍らで待っておる。ふたりにちょっと尋ねたいことがあるのだ」

「まさか、うちの子が」

「悪さをしたというのではないぞ。知恵を借りたいだけだ」

「子供の知恵をね、それほど吉原会所は困っておいでか」

と言った十一の主が、

「おお、そうだ。お花たちとおまえ様、天女池で会ったそうだな。番小屋の新之助の金魚釣りの折りにさ」

「姉のお花が話したか。さよう、その折りの知り合いだ」

「帰ったら天女池に行かせますよ」

と父親が約定してくれた。

幹次郎が質屋十一の主に別れを告げて天女池に行くと、なんと寺子屋の帰りかお花と末吉の姉弟がすでにいた。

「そなたらの金魚を見に来たか」

「会所のお侍さんも金魚を見に来たか」

と末吉が反問した。

「いや、そなたらの知恵を借りたくてな、お花」

「なんなの」

「そなたら、『凶』の逆さ文字を承知か」

姉が幹次郎を睨み、

「知っているぞ」

と弟が応じた。

ふたりと四半刻ほど話し合った幹次郎は、姉弟ふたりを質屋十一まで送っていった。

二

神守幹次郎は一枚の紙を手に吉原会所に戻った。

番方の仙右衛門と小頭の長吉、それに女裏同心の澄乃の三人が逆さ文字の対策を協議していた。

「なんぞ手がかりがありましたかな」

番方が幹次郎に問うた。

「さあてのう。これが手がかりとなるかどうか」

幹次郎は質屋十一の姉娘お花が描いた絵を一同に見せた。

幹次郎が与えた懐紙(かいし)に墨で大きな顔が描かれ、隣に着流しに羽織姿の男の全身が描かれていた。

弟の末吉が一瞬夕方の天女池で見たという、逆さ文字の紙片の束を懐に入れた一見客風の男の風体だった。そんな弟の記憶をもとに姉が末吉の、

「姉ちゃん、そんな髷じゃないぞ。髷と眉毛(まゆげ)は細いぞ。もっとさ、大きな顔でよ、

顎も角ばっていたぞ」

と細々と注文をつけるのに丹念に応えてなんとか描き終えた絵だった。

「うむ」

と呻って番方が首を捻った。

長吉と澄乃のふたりはこの絵の人物がだれかまるで分からない風だった。幹次郎もふたりと同じように全く覚えがなかった。

「どこかで見かけた顔だがな」

と漏らした仙右衛門が紙片を摑んでしげしげと見た。

「神守様よ、夜鷹そば屋や寿司屋が行商に来るのを承知だな」

不意に仙右衛門が話柄を変えて問うた。

「むろん承知だ。夜鷹そば屋など仲之町のあちこちに場所を移して引け四つのあとも夜明けまで商いをしておるな」

「おお、古い習わしでな、会所もそば屋と寿司屋の大門の出入りと廓内の商いを許している」

と仙右衛門が言い、長吉も澄乃も行商に入ってくる夜鷹そば屋と寿司屋を思い出したが、絵の人物とは思えなかった。

「番方、『鯵の寿司、こはだのすぅ』と妓楼や引手茶屋に一日じゅう売り込みに来るよな。あいつらの面はどれも承知だが、この絵の顔とは違うぞ。神守様よ、だれがこんな絵を描いたんだ」

長吉が幹次郎に眼差しを向けた。

「質屋十一の倅の末吉がな、天女池で逆さ文字の束を持ったこの人物が行商と思しき男に渡すところを見かけたそうな。

その折り、末吉はこの旦那風の人物しか見ていなかったのだ、そんな印象を姉娘のお花が聞き取ってこの絵のように描いたのだ」

と幹次郎が一同に説明した。

「そうか、そんな曰くの絵か、質屋十一の娘はまだ幼いやね。それにしてもよく描けているがよ、行商の連中とどう関わるよ、この絵の御仁がよ」

と長吉が幹次郎に質したとき、

「なんとなくだが、こやつ、分かったかもしれねえ」

と仙右衛門が口にした。

「分かったって、何者だ、妓楼や茶屋の主人じゃないよな」

「小頭、廓の住人ではない。久しく見かけねえ面だから忘れていた」

と言った仙右衛門が改めて手にした絵を確かめた。

「この絵の人物だがな、わしが知る十年前から年月を経て、そのぶん年を取った御仁の姿を描いているぞ。質屋十一のお花は寺子屋でも頭がいいと評判と聞いたが、絵も達者だな」

仙右衛門も長吉同様にお花を褒めた。

「番方、姉のお花だけではない、弟も賢いぞ。なにしろ一度だけちらりと見たこの人物が逆さ文字の紙束を持っていたのを覚えておったのだからな」

「ああ、質屋十一の弟も寺子屋でも出来がいいと聞いたことがある」

「それがしは天女池で金魚釣りをしていた番太の新之助といっしょにいたで、この姉弟と知り合ったのだ。そこでな、逆さ文字の凶の札を十枚貼ると子供たちに二文くれる者がいるという話を信じて、質屋十一の姉弟と会ってみようと考えたのだ。ひょっとしたらこの一件を知っているのではないかと思ってな」

質屋十一の姉と弟と関わりを持った経緯を告げた。

「神守様、この人物は何者です」

と澄乃が幹次郎に質した。

「それがしはこの絵の人物が何者か知らぬ。番方、この絵の者は最前口にした行商の夜鷹そば屋とか寿司屋と関わりがあるのであろうか」

と幹次郎が仙右衛門に問うた。

「ある、あると思うのだ。行商の寿司屋と夜鷹そば屋の背後に控えている御仁、おれが知る名は、たまご売りの己之吉だ」

吉原に行商に来るたまご売りは昼間商いだった。

江戸期、鶏卵は高価で庶民がおいそれと買える代物ではなかった。しかし、遊女衆は精がつくというのでしばしばたまご売りから鶏卵を買って飲んだ。遊女たちも贅沢ではない、吉原で生き抜くための「栄養剤」だった。

「たまご売りで己之吉なんて行商がいたか」

と長吉が自問した。

「たまご売りの己之吉だがな、今はたまご売りはやっておらぬ。金を貯めて吉原に出入りする夜鷹そば屋を一軒、寿司屋の屋台をまた一軒と買い取っているという話は何年も前に聞いたことがある。そのことをこの絵が思い出させてくれたのだ。つまり『凶』の逆さ文字を貼りつけて回る人物の背後に、その昔、たまご売りだった己之吉がどうやら控えているようだと十一の姉と弟の絵は教えてくれておる」

と仙右衛門が言い切った。

「こんどは切見世ではのうて、夜鷹そば屋など行商の店を買い取る人物が現れたか」

「神守様よ、この十年余り、己之吉は表立って吉原に出入りしていないはずだ。だが、奴の配下の行商人どもは吉原の昼夜をとくと知っている連中だ」

「番方、その絵の人物が行商を束ねているなれば吉原の表と裏を、光と闇を承知ということかな」

「そういうことだ、神守様」

「行商の頭分の己之吉の住まいはどこであろうか」

「さあて、昔の住まいも知らないが、澄乃、長吉、急ぎ己之吉の店か住まいを探してくれないか」

「番方、夜鷹そば屋なり寿司屋なりが大門を出ていく折りに尾けれれば、主の店か住まいが分かるのではないか。この己之吉が西郷三郎次忠継こと市田常一郎と手を組んで吉原乗っ取りを企てているとすれば、己之吉は稲荷小路の西郷の宅に出入りしていよう」

「ということだ、神守様よ」

「質屋十一の姉弟に、われら助けられたか。もし、事が解決した折りには礼をせねばな」

「おお、その役は四郎兵衛様に願おうか。わっしらは行商の頭分己之吉の正体を暴き出すのが先だ」

と仙右衛門が言った。

幹次郎は探索が浅草寺界隈に及ぶことを見越して、ここである人物に協力を願うべきかと思い至り、若い衆に命じて使いを立てた。

夜見世が始まって四半刻もしたころ、たまご売りが品をすべて売りさばいたか、大門を出ていく姿を目に留めて澄乃は尾行することにした。

相手は天秤棒の両端にもみ殻を敷いた竹籠を吊るして、百数十個の鶏卵を寝かせて、

「たまぁご　たまぁご」

と売り歩いたのち、売り尽くしたらしい。

昼見世の始まる九つから夜見世が始まる六つ（午後六時）過ぎまで、およそ三刻（六時間）ほどの担ぎ商いで、なかなかの売り上げだった。

澄乃は吉原の奥の深さに改めて驚かされた。

相手は竹籠を吊るした天秤棒を肩に負っていた。相手に気づかれないように尾行するのは難しいことではなかった。

たまご売りは吉原出入りの行商を仕切る店に戻らず、吾妻橋西詰の浅草並木町の自分の裏長屋へと戻った。なんと料理茶屋山口巴屋とは二丁（約二百十八メートル）と離れていなかった。

ともあれ長屋で着替えたたまご売りは並木町の湯屋の仕舞い湯に飛び込んでさっぱりした形をして出てきた。そんな背に、

「啓助さん、稼ぎがいいからってあんまり呑み過ぎちゃあダメよ」

と湯屋のおかみの声がかかった。

「あいよ」

と言いながら啓助は、浅草田原町三丁目に櫛比する呑み屋の一軒に入った。むろんここも浅草寺領だ。

冬の到来はまだのせいか戸口は開けてあった。啓助は入り口近くに陣取り、酒を注文してくいくいと呑み、

「啓助さんよ、すきっ腹にぐいぐい呑むのは体によくないぜ」

と呑み屋の馴染か、隠居風の客が注意した。

澄乃は隣の呑み屋との間の路地の暗がりに身を隠していた。啓助と客の問答は路地にも聞こえてきた。

「爺さん、おまえだって酒呑みだろうが、酒はなんたってすきっ腹に呑むのがいちばん美味いぜ。余計な口を利くんじゃねえ」

「こんどは大口（おおぐち）か。しじみの棒手振（ぼてふ）りから吉原のたまご売りに変わって運がついたようだな」

「おお、行商の頭分の己之吉さんに会ってよ、運がおれに巡ってきたのよ。ところで爺さんよ、おれが願った一件、やってくれたよな」

「おうさ、凶の逆さ文字の札貼ってよ、なんぞ稼ぎになるのか。嫌がらせだぞ」

啓助は吉原出入りの行商を束ねる己之吉から、

「啓助、おまえが直にやるんだ。いいな、他人に頼んじゃならねえ」

と命じられた凶の逆さ文字の札貼りを呑み屋での知り合い、隠居と呼ばれる爺さんに願ったのだ。

「まあ、嫌がらせだな、だがよ、狙いは浅草寺界隈じゃねえや。別の場所よ」

と言い放った啓助が茶碗に酒を注いで、ぐいっと呑み乾した。

「おれにも一杯馳走してくんな、啓助さんよ」

「爺さん、おりゃ、あの一件でそれなりの銭を払ったよな。てめえの銭で呑みねえな」

「二朱なんて小銭、店のツケにとられて一文も残ってねえよ」

「仕方がねえな、茶碗で一杯だけだぞ」

と啓助が徳利の酒を自分のぶんといっしょに注ぎ分けた。

「ゴチになるぜ」

と茶碗酒をちびりと呑んだ隠居が、

「もう一度よ、『凶』の逆さ文字をこの界隈に貼ろうか」

と啓助に尋ねた。

そのとき、呑み屋の入り口に座した啓助の前にふたりの着流しが近づくのを見た澄乃は路地の奥へと気配を消して遠ざかった。

啓助が不安の声を上げたので澄乃は聞き耳を立てて窺うことにした。どうやら啓助をふたり連れが強引に連れ出す気配だ。

しばし間を置いた澄乃は表通りへ出ようとした。すると客か店かに忠言しているような低い声が聞こえた。

澄乃は路地の途中で足を止め、暗がりに潜むことにした。着流しの連中はふたりではなく、もうひとりいて呑み屋の客たちを脅している様子だった。

「爺さん、啓助から頼まれたことはすべて忘れろ、いいな」

との言葉を最後に気配が消えた。

澄乃が路地を出ると最前まで賑やかだった呑み屋が森閑としていた。表通りに出ると啓助がどちらに連れ出されたか左右を眺めたが澄乃には分からなかった。

(どうしたものか)

澄乃は浅草寺領から並木町の啓助の裏長屋に急ぎ戻ることにした。裏長屋の住人か、女衆が夕餉の跡片づけをしていて、澄乃に目を留めた。

「たまご売りの啓助さんの長屋は三軒目でしたよね」

と澄乃は女に質した。

「あいよ、留守だと思うがね」

と応じた女に会釈を返すと啓助の長屋の戸口に立った。

人の気配がした。

啓助でないことはたしかだと思った。

こつこつと障子戸を叩いたあと、開けた。すると着流しの男が板の間に独り土足のまま立って澄乃を見ていた。

　髭面の壮年の男の足元で蠟燭が燃えていた。その灯りで九尺二間の長屋が引っ掻き回されているのが見えた。

　澄乃は三人の仲間かと緊張した。すると相手が、

「啓助ならば戻ってないぜ、裏同心さんよ」

「おまえさんはだれですね」

「味方だよ。おりゃ、南町隠密廻り同心瀬口竹之丞(せぐちたけのじょう)様の手下だ、安心しねえ」

と言った。

　瀬口竹之丞同心は壱楽楼の三人と花火(はなび)の朋吉が殺された際に調べを行った同心で、新任ながら信頼できる同心であった。

　朋吉が残した書付から、吉原を狙う者が稲荷小路に屋敷を持つ西郷三郎次忠次であることが推察されていた。

　その一件は、神守幹次郎によって瀬口に伝えられていると澄乃は承知していた。幹次郎からの使いを受けて、早くも瀬口は啓助のもとへ岡っ引きを向かわせていたのだ。

「おれもよ、啓助がどこへ連れていかれたかと長屋に来てみたのさ。奴らの動き

は素早かったね、この長屋を荒らしたのも啓助を勾引した連中よ。なにを探したのかねえ」

「おまえさんも呑み屋の一件を見ていたんですか」

「ああ、おまえさんが路地の奥へ引っ込んだとき、おりゃ、呑み屋の向かい側の暗がりにいたんだが、奴らの手際のよさに身動きが取れなかったのさ。おまえさんのちょいと前に着いたばかりだ」

「啓助は稲荷小路の西郷屋敷に連れていかれたと思いますか」

「あるいは花火の朋吉のように舟に乗せられたか」

と途中で言葉を止めた。

「どうしたもので」

「お互いの頭にこのことを報せてひと息に動いたほうがいいと思わないか。神守幹次郎様辺りが仕掛けてくれると南町もやりやすいがな」

と言った。

「おまえさんの名はなんと申されます」

「南町で尋ねても瀬口の旦那しかおれのことは知らないぜ。澄乃さん、おれの名は須走の高吉と、覚えてくんな」

「うちが動けば南町も動かれますね」

「神守様に言われて探りやしたがね、一味の頭は、昔たまご売りだった已之吉と呼ばれる男だ、啓助をさらっていったのはそいつらよ、まず間違いねえ。うちの旦那はおそらく桑平市松の旦那と道場の仲間を頼りにされるはずだ」

と言い切った高吉が四畳半の奥の雨戸が開かれたところから闇に没して消えた。

初めて会った高吉は、瀬口同心が南町奉行所より桑平同心と剣術仲間を信頼すると言い切った。

しばし間を置いた澄乃も蠟燭を吹き消すと戸口からどぶ板に出た。

澄乃は神守幹次郎を柘榴の家で捉まえることができた。板の間に腰を落ち着けたばかりの気配の幹次郎に子細を手早く告げた。

汀女はまだ料理茶屋から戻っておらず、麻はおあきの手伝いをしていた。

「なに、たまご売りの啓助が頭分の已之吉一味にとっ捕まったのか。仲間割れかのう」

「神守様は、南町奉行所隠密廻り同心瀬口竹之丞様の手下と名乗られた須走の高吉さんを承知ですか」

「いや、知らぬな。瀬口どのは若いがなかなかの凄腕だな。奉行直属の密偵のような立場と聞いてはいたが」

「須走の高吉さんもなかなか老練な探索方かと思いました」

「瀬口竹之丞どのは同心になったばかりと聞いた。おそらくその者、竹之丞どのの親父様以来の手下とみた。桑平どのは承知であろう」

幹次郎の言葉に澄乃が得心したように頷いた。

「さあて、どうしたものか」

と幹次郎が思案した。

「よし」

と自分に言い聞かせた幹次郎が立ち上がり、

「澄乃、文を一通急ぎ認めたら出かけるぞ」

と言った。

「夕餉も召し上がられませぬか」

驚いた様子の麻が問うた。

「その暇はないのだ、すまぬ、麻」

と台所から奥座敷に向かった幹次郎は、西郷三郎次忠継に宛てた書状を認める

と、

「烏森稲荷の西郷邸に届けてくれぬか。こちらの正体は知れておるゆえ、危ない真似はしないことだ」

と澄乃に渡した。

「麻、それがし、これから料理茶屋の山口巴屋に立ち寄る。姉様には事情を話しておくで、麻とおあきのふたりだけで夕餉を食しておれ。どうやら今晩がこたびの騒ぎのヤマ場と見た」

と告げた幹次郎は先祖伝来の無銘の豪剣を手に澄乃を伴い、柘榴の家を地蔵の吠え声に送られて出た。


澄乃は烏森稲荷の天井裏の見張り所から家斉の御台所総用人と称する西郷邸に出入りする輩をしばらく注視した。

四半刻の間に幕臣と思しき黒羽織に袴姿の武家や、反対に得体の知れぬ着流しの輩や剣術遣いと思しき面々など多彩な人物が脇門から出入りする光景を眺めた。

すると表門が開かれ、陸尺の担ぐ乗物が出てきた。

（もしやしたら西郷三郎次忠継こと市田常一郎ではないか）

と推量した澄乃は船宿牡丹屋の見習い船頭磯次が見つけてきた烏森稲荷の見張り所を飛び出した。乗物をこの界隈の住人が久保町原（くぼちょうはら）と呼ぶ広小路で、幸橋（さいわいばし）を渡る前に捉まえた。

「恐れ入ります。お駕籠の主様は、御台所総用人西郷三郎次様にございますか」

と乗物に従う家臣に質した。

乗物が止まった。

「うむ」

と漏らした家臣が、

「そのほう何者か」

「私、吉原と関わりのある者にございます。西郷様にとって大事な文の使いを申しつかりましたがご門番に西郷様に直に渡したいと言うと、さような真似ができるかと追い返されました。困惑の折り、お駕籠を見まして思わずお止め致しました」

「乗物のお方は西郷様ではないわ。陸尺、乗物を出せ」

と命じると乗物の中から、

「女子（おなご）、吉原の関わりの者と言うたか」

「はい」

「大事な書状じゃな」

「はい。西郷様にとっても大事な文です」

しばし迷った風に間を置いた乗物の主が、

「それがしが西郷どのに届けてやろうか」

「おお、有難きお申し出、感謝の言葉もございません」

「豊信(とよのぶ)、女子より書状を受け取り、それがしに渡せ。乗物はもう一度西郷邸に戻せ」

と命じて、文は澄乃から豊信と呼ばれた家臣へ、さらに乗物の人物へ渡された。

「殿様、西郷様も感謝なされましょう。大変恐縮ですが、お殿様のお名前をお聞かせ願えませぬか」

「御台様広敷番頭(ひろしきばんがしら)佐々木正英(ささきまさひで)じゃ」

「佐々木の殿様、西郷の殿様に直にお渡し願えますか」

「安心せえ、直ちに乗物を引き返させるでな」

と広敷番頭が応じて乗物が出てきたばかりの鳥森稲荷の西郷邸へと引き返していった。

澄乃は烏森稲荷の天井裏の見張り所からふたたび開かれた表門へと乗物が消えるのを見届けた。

三

報告を聞いた神守幹次郎は、澄乃を今戸橋の船宿牡丹屋に走らせ、最悪燃やされてもいいような古船を一艘用意させた。さらに吉原会所に向かわせ、このことを番方の仙右衛門に知らせた。とはいえ、ただ今の吉原会所の体制から会所の者を使う余裕はないことをお互いが察していた。

九つ（午前零時）前、澄乃独りが乗ったぼろ船が新大橋下、右岸の河岸に着けられ、すでに待機していた神守幹次郎が乗り込んだ。

この界隈の大川右岸には岸辺から離れた場所に葦原があって本流が見えなかった。

古船の胴ノ間には竹槍が何本も置かれてあった。澄乃が用心のために載せた竹槍だった。

主船頭は政吉、助船頭は孫の磯次だ。

「神守様よ、吉原出入りの夜鷹そば屋や寿司屋を束ねる己之吉ってのが、こたび官許の吉原を乗っ取ろうっていう頭分か」

「いかにもさようだ。だが、一介のたまご売りから行商の頭領に成り上がった己之吉の背後に家斉様御台所総用人西郷三郎次忠継こと本名市田常一郎が控えておると思われる。この者、剣術自慢ゆえ、花火の朋吉が始末されたこの河岸に呼び出してみた。その書状には己之吉のことを書いておいたので、ここに来れば繋がりがはっきりしよう。来るか来ないか、来れば己之吉と繋がりがあるということだ。姿を見せれば、今晩にも決着をつけたいがのう」

と幹次郎が政吉に言い切った。

「相手は助勢が一人ふたりじゃあるまい、大勢だぞ。おめえさんらは、神守様と澄乃さんのたったふたり、えらい戦だな」

と応じた政吉だが驚いた風はまるでない。

長い付き合いで神守幹次郎が不利な戦いと考えた折りは、それなりの切り札を用意して臨むことを老練な船頭は承知していた。

九つの時鐘が本石町から響いてきて四半刻も過ぎたころ、下流から屋形船がゆっくりと永代橋を潜って姿を見せた。

「裏同心の旦那よ、あんな大きな屋形船に西郷某がひとり乗っているとも思えねえな」

と政吉が言い、

「爺ちゃん、屋形が突っ込んできたらこのぼろ船はひと溜まりもないぞ」

「磯次、客を見捨てて船を下りるか」

「となると戦が見物できないな」

と孫の磯次まで平然としていた。

屋形船の屋根にふたりの大弓を携えた武士が姿を見せて立ち上がった。

「おーい、屋形船の衆よ。そちらの船に西郷三郎次なんとかという公方様の女房のよ、総用人が乗っているか」

と主船頭政吉がのんびりした口調で問いかけた。

屋形船の左右から提灯をぶら下げた竹棹（たけざお）が突き出され、ぼろ船の四人が浮かび上がり、屋形船の弓方がそれぞれ矢を番（つが）えて構えた。

「わっしら、客人はたったのふたりじゃぞ。それを弓で射殺（い）そうってか。公方様の女房の用心棒さんよ、いささか卑怯（ひきょう）じゃねえか」

政吉の声音に、屋形船の舳先に着流しに羽織を着込んだ町人が姿を見せた。

「牡丹屋の父つぁん、危ない仕事は引き受けねえこったぜ」

「おお、たまご売りから行商の頭分に出世した已之吉様か、久しぶりに拝顔したぜ。

ところでよ、うちの客人は一対一の尋常勝負を望んでおられるのだ。西郷三郎次様も吉原会所の裏同心を知らないわけではなかろう。どうだ、望みを叶えてやらないか」

政吉の言葉に屋形船の舳先にもう一人(いちにん)が姿を見せ、已之吉の傍らに立った。黒羽織に筒袴(つつばかま)を穿(は)いた武家だった。

「おまえ様が西郷様かね、一対一の尋常勝負は怖いかね」

「船頭風情が吉原会所裏同心の口先助勢か」

「まあ、そんなところだ。こちらの人数はわしら船頭を省けばふたりだけだぞ。多勢の者を背後にして弓で射殺しては公方様の女房に自慢話もできまい」

ふっふふふ、と笑った西郷三郎次忠継が、

「船頭の口車に乗ってやろうか。屋形船を河岸に着けよ」

と命じると屋形船の舳先が岸辺に着く前に西郷三郎次が岸辺に跳んだ。

神守幹次郎も牡丹屋の古船に立ち上がると、政吉と磯次が竹棹を使い、岸辺に寄せた。

先行して岸辺に立った西郷三郎次が足場を固めて幹次郎を待ち受けていた。

「吉原出入りの行商の頭分己之吉さん、浅草寺領の酒場から連れ出した啓助さんをどうなさいました」

と澄乃が屋形船の舳先に立つ己之吉に質した。

政吉と磯次の船頭ふたりは、竹棹を川底に立てて船を舫い、船に矢が飛んでくることを考えてか、しゃがみ込んだ。この爺様と孫の船頭ふたり、争いごとには慣れていた。

「なに、女裏同心、あの場にいたか」

「はい、おまえ様が客や呑み屋の主を脅す文句も聞かせてもらいましたよ。吉原出入りの行商人の頭分とは申せ、御免色里の吉原を牛耳ろうなんて、いささか料簡が甘過ぎますよ。成り上がりの己之吉」

澄乃が己之吉を呼び捨てにした。

「畜生、弓方の旦那、あの女を射殺してくんな」

と喚いた己之吉に応じた弓方のひとりが澄乃に狙いを定めようとした。

その直後、船の胴ノ間に片膝をついていた澄乃が先端に鉄の輪を嵌めた麻縄を慣れた手つきで引き抜くと大きな腕の振りで虚空に投げ放った。

大きな弧を描きながら夜空を飛んだ鉄の輪が弓方のひとりの首に絡んで、悲鳴とともに流れに落とした。

もうひとりの弓方が澄乃に狙いをつけようとしたが、本来の任務、西郷三郎次忠継を守護(しゅご)することを思い出したか、狙いを神守幹次郎に戻さざるを得なかった。

「くそっ」

と喚いた己之吉に澄乃が、

「最前の私の問いに答えておられませんね。浅草寺領の呑み屋から連れ出した啓助さんをどうしなさった」

「あやつ、わしを裏切ってたまごの代金をちょろまかしたばかりか、わしと西郷の旦那の付き合いをあれこれと書き留めてやがったのよ。その書付を二百両で買えと脅しやがったんだ。もはや口を封じるしかあるまい。ここに来る前にわしが絞め殺して大川の流れに沈めたのよ」

岸辺から険しい声が飛んだ。

「己之吉、喋り過ぎじゃ」

西郷三郎次忠継だった。

「とくと聞かせていただきました」

と西郷の言葉を無視して己之吉に応じた澄乃が、古船の胴ノ間に何本も置かれていた竹槍の一本を摑むと、

「己之吉さん、もはやこの世でのそなたのお役目も済みましたとさ、西郷様が申されておられます」

と宣告した。

「な、なんだと」

「これでも食らいなされ」

牡丹屋の古船と屋形船の間の十間（約十八メートル）余りを軽やかに竹槍が飛んで、己之吉の胸にぐさりと突き立った。竹槍の先は鋭く削がれて火で焼かれていた。

「うっ」

己之吉は予想もしなかったか、竹槍を胸に突き立てて呻きを漏らし、流れに転がり落ちた。

屋形船に潜んでいた面々が弓方のひとりと己之吉を始末した澄乃に襲いかかろうかと考えたようだ。そのとき、

「西郷三郎次忠継様こと市田常一郎様、前座の小芝居は終わりましてございます。わが上役の神守幹次郎との尋常勝負、お待たせ申しました」

と澄乃が告げた。

「西郷様、われらも参戦しますぞ」

西郷家に出入りする用心棒侍の頭分が叫んだ。

「要らぬ世話じゃぞ」

と余裕を見せた西郷が言い放った。

それでも屋形船から姿を見せた十数人の武装した者たちのうち数人が岸辺の神守幹次郎に向かって弩（いしゅみ）や小弓の狙いをつけて放とうとした。

一瞬早く屋根もないぼろ船から澄乃が投げた竹槍が弩を引こうとした武術家の胸にこちらも見事に突き立った。

「女裏同心を先に射殺せ」

と西郷一派の用心棒の頭分が叫んだとき、葦原から南町奉行所隠密廻り同心の瀬口竹之丞と同奉行所の定町廻り同心の桑平市松のふたりに指揮された二丁櫓（ろ）の船二艘が姿を見せて、屋形船へと襲いかかっていった。

ふだん幕臣から人扱いされない八丁堀の新米同心や部屋住みの面々だ。だが、桑平らに率いられた若い衆は武術自慢だった。

屋形船の一統が慌てて、狙いを二丁櫓に変えた。

瀬口竹之丞が頭分の二丁櫓の舳先が屋形船の横腹にぶつかり、弩や小弓を構えていた西郷一派の面々の体勢を崩した。そこへ桑平市松率いる二艘目の二丁櫓が船尾に近い船腹に突っ込み、飛び道具や槍を捨てた西郷一派と斬り合いになった。

吉原一派は多勢に無勢と考えていた用心棒集団には予想もつかない展開になった。

この面々、なにより金稼ぎが目的だった。

一方、罪人を取り扱う不浄(ふじょう)役人と蔑まれて内心不満を持って暮らしてきた若い同心や八丁堀の部屋住みの若者たちは剣術に生きがいを感じて猛稽古を積んできたから腕には自信があった。ただ、八丁堀の新米役人や次男坊三男坊としては、真っ当(まっとう)に腕を振るう場が与えられなかった。

そこへ桑平市松や瀬口竹之丞が、規則や触れにがんじがらめにされて道理や正義を貫(つらぬ)けない町奉行所の若い同心や部屋住みに不満や悲哀(ひあい)を発散する「場」を設けてくれたのだ。つまり西郷三郎次一派のように、公方様御台所という公儀の権威を笠に着て、威張りくさる面々を懲(こ)らしめる闘争の場だった。

若い同心たちは鉢巻に筒袖筒袴の黒装束、腰に一本大刀を差し落とし、右手に長十手を構えていた。

勢いが違った。

「金目当ての用心棒どもだ、小伝馬町の牢屋敷の飯を食わせることもないぞ」

「叩きのめせ。江戸から追い払え」

と桑平同心や瀬口同心に鼓舞されて屋形船の連中に襲いかかった。

たちまち形勢は変わった。

不利と思った用心棒集団の中には、屋形船から大川の流れに飛び込み、逃げようとする者もいた。すると桑平が、

「逃げる輩は捨ておけ、大した連中ではないわ」

と一同に声をかけた。

屋形船の残党は八丁堀の新米同心や部屋住みに一気に制されて、

「そのほうら、もはや西郷某に義理を尽くす要はあるまい。われらがそなたらをとっ捕まえれば、大番屋に連れていかざるを得ん。逃げたければ船を降りて逃げよ。ただ今なれば見逃して遣わす」

との桑平の言にさっさと逃げ出した。すると船頭までいっしょになって逃散

したために無人の船に陥った。

桑平らは御用を務めているのではない。西郷の配下の用心棒侍を捕まえて困るのは自分たちだ。ということでかような虚言を弄し、その真意を知らぬ相手方は町奉行所同心のいかめしい捕物出役の形に勝負の場から逃げ出したというわけだ。

「澄乃姉ちゃんよ、喧嘩は数じゃねえな。勢いが違うぜ」

と磯次が嬉しそうな声を上げ、

「磯、おまえは見習船頭じゃぞ。喧嘩騒ぎを面白がってどうする」

と忠言する政吉の声も興奮していた。

「澄乃姉ちゃん、西郷三郎次なんとかとよ、神守の旦那の尋常勝負はどうなるんだよ」

と磯次が澄乃に質した。

「真打ちをだいぶ待たせたわねえ」

とぼろ船から澄乃が岸辺の両人を見た。

「西郷三郎次忠継こと市田常一郎どの、どうなさるな。もはや、そなたの仲間はおらんぞ。いまやわれらのほうが多勢じゃぞ」

とのんびりした声音で幹次郎が訊いた。

「金で集めた用心棒どもはこの程度のものよ」

と西郷三郎次忠継が言い放ち、ゆっくりと刀の柄に手を掛けた。

「お相手仕る」

と応じた幹次郎は、先祖が敵の騎馬武者を倒した記念に戦場から持ち帰ったという無銘ながら刃渡り二尺七寸の豪剣の柄に左手を置いた。

西郷は刀の柄からいったん手を離し、質した。

「そのほう、眼志流居合術と薩摩示現流を会得したそうな」

「どちらも短い期間の稽古でござってな、ふたつながら会得したとは言い難かろう。二流ともに独りになった折り、ああであったかこうでなかったかと思い出して稽古をなしたゆえ、眼志流居合でもなければ、薩摩藩御家流儀の示現流ともいえますまい。強いて申せば我流の眼志流もどき、薩摩示現流もどきにござる」

「吉原会所の用心棒にして八代目頭取四郎兵衛は、なかなか弁が立つではないか。官許の吉原をさようなもどき剣術で支えて参ったか」

「最前も申し上げたが、いかにも我流剣術にござる。それでもなんとか生き永らえて参ったな」

「そのほう、他の剣術を習うたことはないか、いや、待て。下谷の香取神道流道場の客分を務めておらぬか」

「おや、さようなことまでご存じか」

「道場主津島傳兵衛は、江戸でも五指に入る剣術家、その道場の客分はもどき剣術で務まるはずもない」

「西郷どの、今宵、われら、剣術談議で時を過ごしますかな。香取神道流津島道場の客分は、偏に津島先生のお決めになったこと、吉原に落ちつく前の十年の歳月、諸国を逃げ回った経験に関心を抱かれてのことかと存ずる」

「上役の妻女の手を引いて諸国を逃げ回ったそうな」

「西郷どの、それがしの来し方をあれこれと論うためにこの場に参られましたか。すでに戦の勝敗は決しております。それがしとの尋常勝負、他日になされますかな」

「ただ今の言は八代目四郎兵衛かのう。あれこれと言いおるわ。そなたとの勝負、この場にて決着をつける」

と宣告した。

「畏まって候」

両人は真剣勝負に臨んで長い問答をなした。ゆえにふたりともに緊張が薄れていた。

寸毫の間にどれほど緊張を取り戻すかが、勝負の綾と両人ともに承知していた。

幹次郎もまた刀の鞘に置いた左手を離した。

その瞬間、幹次郎は、豊後岡城下を流れる玉来川の河原で薩摩の老剣術家から教わった右蜻蛉に豪剣を構えていた。他流で八双と呼ぶ構えに似ていたが、長身の幹次郎が二尺七寸の真剣を虚空に突き上げたとき、

「うむっ」

と西郷三郎次忠継が呻るほど大きな構えであった。

薩摩国に多い西郷姓を名乗っていたが、本名は市田常一郎だ。薩摩の御家流儀を知らぬと幹次郎は判断した。

西郷は平静を保ちつつ、剣を抜くと中段の構えで右蜻蛉に対抗した。

両者の間合いは三間半（約六・四メートル）。

寸毫の対峙のあと、西郷は中段の剣をゆっくりと突きの構えに移行させた。

幹次郎の右蜻蛉は不動だった。

脳裏に老武芸者の言葉が過ぎった。

「朝に数千回、夕べに数千回、立ち木を地べたまで叩き抜け」

と教えられた言葉だった。

長い対峙になった。

両人も見物の衆もどちらかが動いたとき、勝負が決することが分かっていた。

無人になった屋形船が風にゆらりと船体を揺らして流れに乗って、下流へと押し流されていった。

提灯の灯りも屋形船といっしょに流れていき、大川端は真っ暗になろうとしていた。

岸辺には西郷三郎次忠継と神守幹次郎のふたりしかいなかった。

暗黒の中での対決になった。

「磯、提灯に灯りを入れな」

と政吉が小声で命じ、磯次が火縄で澄乃の持つ提灯に灯りを入れようとした。

岸辺の対決者のふたりとも真っ暗な中にも不動の構えで、そのときを待っていた。

磯次は澄乃の提灯をようやく点した。

ふたりの剣客の姿がゆっくりと浮かんできた。

澄乃がなにを思ったか、岸辺の対決者の頭上に向かって提灯を投げ上げた。灯りが揺れて流れに落ちようとした。

その瞬間、西郷三郎次忠継が気配も見せず幹次郎に向かって踏み込んでいった。ゆらりと揺れる提灯の灯りが水面に落ちる寸前、西郷の大刀の切っ先が不動の構えの右蜻蛉の喉元を捉えて襲おうとした。

灯りが流れに落ちて水面が寸毫明るくなったとき、幹次郎は右蜻蛉の構えのまま虚空へと跳び上がっていた。

「おっつ」

と西郷の口から声が漏れた。

次の瞬間、虚空に跳んだ幹次郎の無銘の豪剣が西郷の頭上に落ちてきて脳天に叩き込まれた。

水面に落ちた灯りが消えた。

ふたたび闇が支配した。

それは一瞬だった。

二丁櫓の船の灯りが点された。

「おおっ」

と南町奉行所隠密廻り同心瀬口竹之丞は、神守幹次郎の後の先の一撃が西郷三郎次忠継の脳天に食い込んでいるのを見た。そして、幹次郎は西郷の傍らに腰を沈めていた。

「な、なんと」

と若い見習い同心が呻いた。

幹次郎が立ち上がりながら脳天に食い込んだ刀を抜いた。

ゆらりと西郷三郎次忠継の体が揺らぎ、幹次郎の傍らに崩れ落ちていった。

しばし岸辺に沈黙があった。

幹次郎は何者かに見られている気配を感じた。だが、一瞬だった。

「見事なり、神守幹次郎どの」

との言葉に幹次郎は大川の流れに刃を突っ込むと血を洗い、懐紙で濡れた刃を拭い、鞘に納めた。戦いの興奮を鎮めるための動作だった。

八丁堀の若い同心や部屋住みの面々が無言で幹次郎を見ていた。

「神守どの、この場の始末、われらにお任せあれ」

桑平市松が家斉の御台所総用人西郷三郎次忠継の後始末を請け合った。

「桑平どの、瀬口どの、お願い申す。今宵の後始末料、些少じゃが明日にも届けさせる」

「有難い」

と素直に礼を述べた桑平に一礼すると幹次郎は、政吉船頭のぼろ船に乗り込んだ。

四

秋が深まろうとしていた。

昼見世前、遊女たちが二度寝をしている廓がいちばんのんびりとした刻限だ。

四郎兵衛は澄乃と遠助を伴い、五十間道の吉原見番の普請場を訪ねた。

元は外茶屋のあみがさ屋だった見事な店舗は、すでに敷地の奥へとわずか一間（約一・八メートル）ほどながら曳かれて移動していた。

「おお、なんとも素早い仕事でござるな」

と四郎兵衛が感嘆の声を漏らした。

「八代目、この土地、平らでようございましたよ。なんとかひと月後には五十間道に面して新しい吉原見番が建つ敷地が見られますぞ」

と棟梁の染五郎が言った。

「なんとも大がかりな普請ですね」

と澄乃も感動の声を発していた。

「私どもが立っている場所に吉原見番が建つのですね」

「女裏同心さんよ、五十間道のどこの茶屋よりも高くて大きな建物が来年には出来上がっていますぞ。まずは下拵えの作業でね」

染五郎も外茶屋あみがさ屋の大きな店舗が奥へと一間ほど曳かれたのを見て、自信を得たのだろう。声音に安堵が漂っていた。

四郎兵衛は基の主柱や棟木や梁だけになった大きな建物に入って土間に立ち、辺りに視線を巡らせて、

「改めて見てもあみがさ屋さんの外茶屋は大きな建物ですな。惚れ惚れとします」

「いや、四郎兵衛様、毎回繰り返しの話になりますがな、材料にも手間にも糸目をつけないこれだけの普請は江戸にもそうございませんぞ。あみがさ屋の先祖は伊勢の神官だそうですが、木造の建物をよう承知です。これはね、わしら仲間が『普請道楽』と呼ぶ建前ですよ、なんとしても大事に修復しとうございますな」

廓内五丁町の大籬も板屋根しか許されなかった。ゆえに大半の茶屋や店は板で屋根が葺かれていた。

一方、五十間道にはその触れは適用されなかったゆえに、伊勢一族のあみがさ屋の建屋は見事な京瓦で葺かれていた。その瓦も一枚残らず外されて中庭だった一角の両端にきれいに積まれていた。ゆえに建屋の上部が軽くなり、光が地面まで差し込んでいた。

四郎兵衛と染五郎が話している間、澄乃は遠助を連れてぐるりと建物の周りを見物した。平らになった敷地に大きな丸太が横に敷かれており、敷地の奥に並ぶ何基もの大きな滑車から太い麻綱が延びて建物のあちらこちらに結ばれていた。さらに外茶屋の建物下が何本もの柱で補強されて、その柱が敷地に等間隔に敷かれた丸太の上を曳かれていく仕組みのようだった。

「遠助、見てごらん。こんな大きな建物が少しずつ曳かれて敷地の奥へと移されるのよ。だれがこんなことを考えたのかしら」

と老犬に話しかけた。

廓内の老舗の妓楼にしても茶屋にしてもあみがさ屋の店兼住まいより華奢に思えた。もしかしたら頑丈な造りが伊勢の建屋の特徴かと澄乃は考えた。

「ほうほう、あみがさ屋の建前が杉材の大柱に載せられて横木の上を引っ張られていきますか。なんとも凄い普請ですな」

と四郎兵衛が澄乃に漏らした。

染五郎はすでに仕事に戻っていた。大勢の職人衆が姿を見せて曳き家の周りに集まり、曳き家仕度が始まった。

「建物の中にいては邪魔じゃな」

四郎兵衛の言葉に澄乃は遠助を連れて鉤の手の曲がった奥、浅草田圃が見える場所へと移動した。そこからはまた別の景色が目に入った。

「そろそろ稲刈りができそうじゃな」

田圃一町二反の稲穂が黄金色に色づいて頭を垂れていた。

「四郎兵衛様、そろそろ稲刈りを考えねばいけませんぞ」

田圃の畦道に立つ染五郎棟梁の腹心の参吉爺が小川の向こうから話しかけてきた。参吉爺は四郎兵衛に稲刈りが終わるまで田圃に手をつけてはならないと忠言したのだ。

「おお、うちに稲刈りができる者がいたかな」

「綾香さんが幾たびか稲刈りを手伝ったことがあると漏らしておられました」

「綾香姐さんは、博奕打ちの娘ではなかったか」

「はい、博奕打ちの親分さんの実家が八右衛門新田の百姓だそうです。綾香姐さんにかぎらず廓内で探せば、二、三十人の人手は集まりますよ。四郎兵衛様、私がこれから声をかけて回りましょうか」

「そうしてもらおうか。染五郎棟梁の力を借りるわけにはいくまい」

四郎兵衛と澄乃の問答を小川の向こうで聞いていた参吉爺が、

「わっしも手伝いますぜ。稲刈りを終えた跡地を一日も早く使いとうございますでな」

と言って四郎兵衛が参吉に、

「いつまでに稲刈りを終えればようございますな、参吉爺」

「いくらなんでも明朝までに稲刈りの人手は集まるまい。稲刈り作業は明後日の朝からやりたいがどうですね、女裏同心さん」

「相分かりました。これから早速人集めに入ります」

と澄乃が応じて遠助を連れて早々に吉原会所に戻っていった。

「参吉爺、曳き家の現場を見せてもろうた。どうやら染五郎棟梁、曳き家の目処が立ったようだな」

「八代目、棟梁も安心しておるわ。あれだけの普請、わっしも見たことないぞ。吉原会所はいくら払ったか知らんがめっけもんよ」

と言い切った。


このあと、ひとりになった四郎兵衛は浅草弾左衛門を訪ねた。面会したのは若い主と後見人の佐七のふたりだった。

「弾左衛門様、佐七さんや、御台所総用人なる肩書きを持ち、稲荷小路に屋敷を構えていた西郷三郎次忠継こと市田常一郎を始末することが叶いました。それもこれもこちらからあれこれと西郷に関する情報やら市田一門の弱みを教えていただいたお陰です、なんと感謝を申し上げればいいか」

と四郎兵衛は礼を述べた。

「それはなんともようございました」

と老練な後見人の佐七が応じた。

「西郷某の骸ですが、江戸の内海に沈められましたかな」

「この者の始末、南町のふたりの同心と仲間の面々がしてくれました」

「となると車善七ら浅草溜の連中が最後は始末したのではないでしょうか。まずは公儀のどこが動いても調べようはございませんな」

と佐七が言い切った。

四郎兵衛は桑平市松らが西郷の骸を車善七に預けたとは聞いていなかった。浅草溜の車善七とその配下は、公儀の罪人の刑の執行や後始末をすべて請け負っていたゆえ、骸の始末には手慣れていた。

（そうか、桑平市松と瀬口竹之丞のふたりは、車善七に始末を願ったか）

四郎兵衛も知らぬふりをして面会し、西郷某の後始末の礼を述べねばなるまいなと思案した。

「このところ、稲荷小路の屋敷はざわざわしておりましたがな、昨晩から突然無人になりました。つまりは公儀の支配下の空屋敷になったというわけですよ。公儀は西郷三郎次忠継なる者が存在していなかったと宣告したのです」

神守幹次郎と嶋村澄乃の吉原会所裏同心ふたりもその模様を観察していた。ゆえに四郎兵衛は報告を受けていた。だが、弾左衛門の情報網は、吉原会所どころではなく素早く綿密だと改めて感服した。

「こたびほど弾左衛門役所の力を見せつけられたことはございません。大きな借りを吉原会所は弾左衛門役所に負いました。決して忘れることはございません、ておりますでな」

「四郎兵衛様、吉原会所と弾左衛門役所は貸し借りなどの生じる交遊ではございますまい。お互いが必要と考えた折りに力を貸し合う信頼関係の上に成り立っておりますでな」

と若い主が言い切った。

「いかにもさようでした」

と言いながら四郎兵衛は若い弾左衛門に会釈を返した。

「おおそうじゃ、五十間道の吉原見番の普請は進んでおりますかな」

と佐七が話柄を変えた。

「はい、伊勢あみがさ屋七兵衛様一統が残されたお店の建屋は、伊勢の大工の名人、神原宗兵衛の施工と判明しましてな、ただ今私が普請を願っておる染五郎棟梁も仰天しておりました。七十年余りも前に五代目神原宗兵衛が手掛けた普請が江戸にあったかとな。いや、私もあの建屋を残すと決めてようございました」

「ほう、伊勢の名人棟梁をただ今の江戸の名人棟梁が大改修しておりますか。完成の折りにはぜひ見たいものです」

と弾左衛門が言い、

「真っ先に見ていただくのは弾左衛門様と浅草溜の親方のお二方です。その機会を作りますでな」

と四郎兵衛が約定した。

むろん弾左衛門一門は、官許吉原の妓楼や引手茶屋のお偉方が集う吉原見番の完成披露の場に姿を見せることなどない。四郎兵衛はなんとしても別の機会を作ることを心に決めていた。

「四郎兵衛様、この弾左衛門も感謝したきことがございますぞ」

「おや、なんでございましょう。私には覚えがございませんがな」

「いえね、浅草溜と弾左衛門役所には諍いがありましてな、公儀の裁きで浅草溜の車善七一統はうちの配下になりました、この争闘、ご存じですかな」

「はい、およそのことは存じております」

「ならばこの諍いには触れますまい。裁きが出たあとも、両者の感情はなかなか消えないものでしたな。ところがこたび、車善七の口利きが吉原会所とうちが親交を結ぶきっかけになり申した。そのせいか両者の間にぎくしゃくしていた感情が急に薄れましてな。これも四郎兵衛様の鷹揚な言動を善七が見倣ったものかと当代と話し合ったところです」

と佐七が言い添えた。

「そうであると嬉しいのですが。ともあれ今後とも宜しくお付き合いのほどをお願い申します」

と四郎兵衛がふたりに頭を深々と下げた。


吉原の大門を潜った四郎兵衛は面番所の村崎同心が呼びかけるのに会釈で応じて会所の前を通り過ぎた。

「おい、四郎兵衛、どこへ行く」

と村崎同心が大声で尋ねた。

「村崎様、廓内の見廻りにございますよ」

と振り向きもせず応じた四郎兵衛は京町一丁目の木戸門を潜った。

そろそろ二度寝から目覚めた遊女たちが朝餉を食して昼見世のために化粧や髪結いをしている刻限だ。

暖簾を潜ると遣手のおかねが、

「おや、昼前に八代目頭取のお成りですか」

「すでにあれこれと雑用を済ませ、こちらにお邪魔しました。九代目にお目にかかれましょうかな」

「帳場におられました。ちょいと尋ねて参ります」

とおかねが帳場に向かったが直ぐに引き返してきて、どうぞ、お上がりくださいと言った。

四郎左衛門は、文を手になにか思案している体だった。

「九代目、お邪魔ではありませんかな」

「いえ、私も四郎兵衛様に会いたく思うておりました」

「ほう、なんでございましょうな」

「まずはこの文をお読みくだされ。五十間道の飛脚屋あがり屋気付で届いたものでして、私以外、この文の存在をだれも知りません」

と四郎左衛門が差し出した。

四郎兵衛は飛脚屋気付と聞かされたとき、なんとなく差出人が分かった。無言で受け取った四郎兵衛は、巻紙にちびた筆先で認められたような文字を見て、やはりと得心した。

「将一郎様へ」

と四郎左衛門の本名が認められていた。

四郎兵衛は、文から視線を外して四郎左衛門を見た。すると三浦屋の当代も無言で頷いた。

「読ませていただきます」

と重ねて断わった四郎兵衛はしばし瞑目してから両目を見開いた。

「将一郎様へ、
父は東海道をよろよろと小田原城下へと辿りつき、宿場外れの貧相(ひんそう)な寺に数日の宿泊を乞い候。そのおかげでなんとか体調も回復したのでふたたび草鞋を履(は)き候。

早川(はやかわ)沿(ぞ)いに箱根関所(せきしょ)を目指して竹杖を支えに山道を登り候。

いつかような道中をなしたか、覚えなし。

獣の叫びに脅え、よろめく足を一歩また一歩と進めながら考えは千々(ちぢ)に乱れ、なぜ私はかような旅を強いられるやと考え候。

足を休めるために山道の野地蔵に形ばかり手を合わせていた折り、なぜ吉原会所の先代四郎兵衛様は、惨(むご)い死に方をすることになったか、疑念がわき候。

七代目と私、長い歳月官許の遊里吉原を主導してきたことになんら間違いなし。

いや、功績はありても罪咎はあり得ずと高言したき想いに候。

それが七代目四郎兵衛様は非業の死、私は遠国四国八十八ヶ所の巡礼行を強いられこの有り様、とかような考えが脳裏を過ぎった折り、箱根山の山神様か、

(己、未だ我が身の愚行分からずや)

と叱責され候。

(百年の功績、一日の愚行にて消え候こと、そなた分からぬか)

と懇々と諭され候。

いや、違う、百年の汗水の功績がたった一日で消えるはずはなしと反論し、野地蔵の前からふたたび箱根の頂きに向かってよろめき歩き候。

私の愚行とはなにか、箱根の山神様に問合せ候。

私は吉原の大楼の八代目として、さらには知多者として御免色里を隆盛に導いてきた自信と誇りあり。若い将一郎や吉原を知らずして会所の八代目の地位に就いた神守幹次郎らに教え諭すこと未だ多々あり。

そんな想いを自問自答しながら歩きおりしとき、不意に人影が私を囲み候。

箱根山名物の山賊に候かと、茫然自失しておると山賊の頭分と思しき者が、こやつ四国八十八ヶ所を目指しながら、心身ともにすでに死んでおるわ。こやつか

ら貧乏神を移されても敵わぬ、と言い放って立ち去ろうと背を向けるゆえ、私が死んでおるとはどういうことか、問い質し候。

おぬし、生きておると思うてか。われら山賊風情にも害ありてなんの益もなし。四国どころか箱根山を越えられそうにもないぞと言い放ち立ち去りし候。

私、山道の端に倒れ込み、両目から滂沱の涙が流れ落ちるに任せ候。

かような私が隠居と称しながら未だ吉原に力を振るおうとしたのか。

百年の功績も一日の愚行に消えしか。

最後の力を振り絞り、山道を這うように進んで、どれほどの日にちが過ぎしか。

ふと眼差しを頭上に上げし折り、頂きに雪を抱いた霊峰富士を望み候。

嗚呼ー、私が人として彼岸に旅立つためには四国の巡礼道を歩き通すことだ。

いや、歩き通せなくとも巡礼道の行く手を見ながら斃れることだと悟り候。

将一郎、父は大いなる間違いを犯し候。

老いてまで力を頼ること愚かなり。

無念無想、ただ歩くことを己に科し候。

もしやして四国八十八ヶ所の一番札所に立つことが叶うた折りに、将一郎、そなたと神守幹次郎様に文を差し出し候。

箱根山にて　一巡礼者」

とあった。

四郎兵衛は文を巻き戻しながら、

「百年の功績、一日の愚行に消えし、ですか。四郎左衛門様、われらへの忠言にございますな」

「先代の行いが愚行であったかどうか、私どもの生き方にすべてがかかっております」

「いかにもさよう」

ふたりは期せずして竹杖を支えに一歩ずつ東海道を上がる根郷の姿を思い浮かべていた。

終章

天高く馬肥ゆる秋の一日。

吉原会所所蔵の浅草田圃に、なんと四十三人もの稲刈り人が集まった。

頭分は染五郎棟梁の番頭格の参吉爺だ。

「おお、そろたそろたね、刈手が揃った」

と満足げだ。

柘榴の家に関わりのある加門麻、澄乃、おあき、なんと大姉御の汀女の女四人が稲刈りに姿を見せていた。揃いの木綿の筒袖筒袴に赤いしごき紐を襷にかけて頭には菅笠を被っていた。

「そなたが綾香さんですか」

と久しぶりに大門外に出て上気していた綾香は、菅笠の下に手拭いで顔を覆った女衆から声をかけられ、

「は、はい。会所に世話になる綾香です。どなた様ですか」

と問い直すと赤い襷がけの女が手拭いを取った。

素顔を見た綾香がごくりと喉を鳴らし、

「薄墨太夫、いやさ、加門麻様だわ。どうしよう、あたし、どうしよう。羅生門河岸の女郎が全盛を誇った薄墨太夫に声をかけられたわ」

と動揺した。

「綾香さん、本日はだれもが稲刈り女ですよ」

と麻の言葉に綾香は周りに助けを求めた。

「綾香さん、うちが陸奥国相馬（むつのくにそうま）の旦那はんに教えられた稲刈り唄を歌います。いっしょに合わせてくださいな」

と言った麻が、

「ハアーイヨー　今年ゃ　豊作だよ」

と澄んだ声で歌い出すと、昨夜柘榴の家で麻から習った澄乃やおあきや汀女らが、

「ハアーコリャコリャ」

と合いの手を入れた。

「穂に穂が咲いてヨー　ハアー　道の小草にも
ヤレサナ　米がなる　米がなるヨー」
汀女の声で合いの手が入った。
「ハアーイヨー　そろたそろたよ　踊り子がそろたヨー
ハアー　秋の出穂より　ヤレサナ　ようそろたヨー」
稲刈りの女衆の声が浅草田圃に響いて、四郎兵衛と染五郎棟梁が顔を合わせて、
「今年や　豊作だよ」
と歌いながら稲刈りの人の群れに加わっていった。

浅草田圃での稲刈りを終えたその夜、神守幹次郎は吉原会所で夜番をした。

稲刈りのあと、いささか気持ちのよい酒を七軒茶屋の山口巴屋で稲刈りの面々と呑んで過ごし、柘榴の家まで汀女、麻、おあきの三人を澄乃に送っていかせた。そして澄乃もそちらに泊まるよう命じていた。ために幹次郎が夜番をしたのだ。

未明に遠助の鳴き声に気づいた幹次郎は、老犬を小便に天女池まで連れ出した。

「遠助、よいか、一日でも長生きせよ。われらとともにこの御免色里の暮らしを過ごそうではないか」

と話しかけた。

そのとき、明け六つの時鐘が浅草寺から聞こえてきた。

遊女に見送られ大門の待合ノ辻にて、馴染客が後朝(きぬぎぬ)の別れを告げている頃合いであろう。

幹次郎はお六地蔵に手を合わせたとき、見つめる眼を感じ取った。

蜘蛛道への出口にその人物は立っていた。

幹次郎の気配を感じたか、天女池の周りを歩いて幹次郎と遠助の前に歩み寄ってきた。

「そなた様でしたか、北見八郎右衛門どの」

「いかにも北見八郎右衛門でござる」

「もはやすべては闇に消え申した」

「吉原裏同心の凄腕、存分に見せてもろうた」

「それがし、すべて闇に消えたと申し上げましたぞ。そなた様の雇い主も彼岸(ひがん)に旅立たれました。そなた様はだれにも拘束(こうそく)されることはない身にございます」

との幹次郎の言葉に頷いた北見某が、

「それがし、いったんはそう考えたで江戸を発ち、東海道を上って何処(いずこ)かへと旅を始めた」

「そなた様とそれがし、なんらの戦う曰くもなし」

と幹次郎は無益と思いつつも繰り返した。

「と思うて六郷河原にて渡し船を待っておるとな、妙な考えに憑りつかれたのよ。そなたとの約定を果たしておらぬことを思い出した」

「さような約定はご放念くだされ」

「それができるならばな、六郷河原から浅草田圃の遊里などに引き返しては来ぬ」

「そなた様はこの神守幹次郎に本名さえ明かさぬ闇に活きる剣客ではござらぬか。いささか律儀にすぎますな」

「かように律儀すぎるのはそのほうに会ったゆえかもしれぬ。ともあれ、御免色里の極楽天女池に戻って参った」

「他に曰くはありませぬか」

「神守幹次郎と雌雄を決する以外道はなし。諦めよ、それがしを変心させような ど考えるではないぞ」

そう言い放った北見八郎右衛門が蠟色塗鞘大小拵えの大刀に手を置いた。

幹次郎は半歩後ろに下がり、先祖が戦場から持ち帰ったと伝えられる無銘の豪剣の鞘元に手を掛け、柄に右手を添えた。

「薩摩示現流か、眼志流居合術か」

相手の言葉にはもはや答えなかった。

幹次郎はちらりと視線を北見某から遠助にやった。遠助はお六地蔵の傍らにへたり込んでいた。

この一瞬の誘いとも隙ともつかぬ幹次郎の動きに北見は乗ずることはなかった。

両人が呼吸を合わせたように愛刀を抜き合った。

ぴりり
とした緊迫が天女池に奔った。

その瞬間、幹次郎はちらりと「死」を意識した。が、直後に振り捨てた。剣に活きる者は常に生死に直面して生きねばならぬと己に言い聞かせた。

北見某は正眼に刃を置き、

「圧切(へしきり)長谷部(はせべ)、未だ負けたことはなし」

と己に言い聞かせるように告げた。

幹次郎は豊後国を出て以来の馴染の豪剣を北見と相正眼に翳した。

間合いは一間。

どちらかが踏み込めば生死が決する。

幹次郎は、先後の先に無銘の剣を置いた。

先後の先とは、後の先のことでもある。後の先とはいえ、この「後」には敵方の未発のうちに、その気を察する「先」が含まれていたから、正しくは「先後の先」であり、端の者が見れば受けの業に見える「後」の業には、内実の「先」の業に匹敵する「後」が含まれていた。

下谷の津島傳兵衛は、幹次郎にあるとき、

「己の心が一点の曇りなければ明鏡の映るがごとし、これ則ち明鏡なり」

と教えた。

この日、幹次郎は無意識のうちに先後の先を選んでいた。

北見の圧切長谷部が、中段からゆっくりと八方に向かって上がっていった。

その刃が八方に上がり切る寸前、幹次郎の正眼の豪剣が岩場を下り落ちる奔流のように動いて、同時に北見の圧切長谷部が抗う動きを見せた。

先後の先の無銘の豪剣が北見某の首筋に撃ち込まれたのが寸毫速かった。

北見の圧切長谷部が止まり、鍛え上げられた五体が竦んだ。

幹次郎の耳に、

「ふーっ」

という吐息が聞こえ、

「恐ろしや、神守」

と途中で言葉が切れて幹次郎の持つ豪剣から北見八郎右衛門の気配が消えた。

寛政五年（一七九三）秋の一日、未明だった。

光文社文庫

文庫書下ろし／長編時代小説

晩節遍路　吉原裏同心(39)

著者　佐伯泰英

2023年3月20日　初版1刷発行

発行者　三宅貴久
印刷　萩原印刷
製本　ナショナル製本

発行所　株式会社 光文社
〒112-8011　東京都文京区音羽1-16-6
電話 (03)5395-8149　編集部
8116　書籍販売部
8125　業務部

ISBN978-4-334-79501-6　Printed in Japan

組版　萩原印刷